Changement de cap

Changement de cap

GISÈLE LOPEZ

Roman

© 2024, Gisèle LOPEZ

Édition : BoD- Books on Demand, info@bod.fr

Impression : BoD- Books on Demand,

In de Tarpen 42, Norderstedt (Allemagne)

Impression à la demande

ISBN : 9782322530823

Dépôt légal : Mai 2024

Du même auteur :

La linotte mélodieuse. Edition BOD- Books on Demand en 2022.

Un secret bien caché. Edition BOD- Books on Demand en 2023.

Préambule

Louise a terminé sa deuxième année d'étude de styliste à Paris. Elle s'apprête à rejoindre son père en Bretagne; il l'attend avec sa belle-mère, Clara. Ensemble, ils ont acheté une résidence secondaire et passent maintenant toutes leurs vacances là-bas, loin du Béarn où ils se sont connus.

Sa meilleure amie, Lola, doit la rejoindre début août. Pendant le mois de juillet et, le soir après ses cours de droit, elle travaille dans un cabinet d'avocats spécialisés dans les affaires. Toutes les deux sont inséparables et ne restent jamais longtemps sans se téléphoner ou se voir.

1

Vendredi 8 juillet 2011

Clara et André partent en vacances la semaine du 14 juillet dans leur maison en Bretagne. Louise va débarquer de Paris le mercredi matin et ils iront la chercher à la gare.

Ils voyagent le vendredi soir pour éviter les bouchons car le 14 juillet tombe un jeudi cette année et, avec le pont, il y aura foule sur les routes. Le trajet est long et fatigant mais ils savourent déjà en pensées le bonheur de se réveiller dans leur jolie maison le lendemain matin.

Avant l'arrivée de Louise, ils vont avoir quelques jours pour vérifier l'état de la maison, faire un peu de ménage et remplir le frigo vide car Louise ne retourne pas avec eux dans le Béarn et, pour le moment, elle n'a pas de véhicule.

Ils vont aussi profiter de ce court séjour pour faire de belles balades en vélo le long de la côte ; le lundi ils se rendent dans un grand magasin de sport et arrêtent leur choix sur deux vélos tout terrain. Ils ne résistent pas longtemps à les essayer, l'après-midi les voilà partis en reconnaissance de nouveaux horizons, le vélo leur permet d'aller plus vite et plus loin. Ils découvrent des chemins qu'ils n'avaient jamais pris, même André, qui est pourtant un enfant du pays. Ils adorent ces paysages un peu sauvages et peu fréquentés. Ces quelques jours sont un avant-goût de leurs grandes vacances.

Mercredi, Clara et André prennent la route à neuf heures du matin. Louise arrive de Paris par le train de dix heures, ils préfèrent être en avance. La gare est pleine de voyageurs, ils décident d'attendre Louise au bistro à l'abri de la foule. Ils prennent un café et André attrape le journal du jour qui traîne sur une table, il se plonge dans la lecture des faits divers. Á côté, Clara observe les personnes qui sont assises à proximité. Tout près d'elle se pavane une jolie blonde platine bien apprêtée ; son parfum dégage une forte odeur d'ambre, à la note chaude, presque animale qui la rend sensuelle et mystérieuse. Elle a sans doute un rendez-vous galant ! pense Clara. Plus loin, au comptoir, une jeune femme regarde dans le vide, elle est plongée dans ses pensées, imperturbable à ce qui l'entoure : ses yeux regardent une chose que personne d'autre ne semble voir. Clara continue de scruter le va-et-vient des gens,

tous sont pressés d'arriver ou au contraire de partir. Elle est contente que leur maison soit dans un petit village en retrait de toute cette agitation. André pose son journal et l'interpelle :
– Le train va arriver, tu viens ou tu préfères m'attendre ici ?
– Je te suis, j'ai hâte de la voir.

Dans le train, Louise a essayé de lire un roman qu'elle a choisi avant de partir, mais elle a eu du mal à se concentrer sur sa lecture car son père l'a appelée la veille : Il a une importante nouvelle à lui annoncer. Elle a bien essayé d'en savoir un peu plus mais il n'a rien lâché, pas la moindre information. Du coup, elle a immédiatement pensé à son mariage avec Clara, le scénario le plus probable. Que pourrait-il s'agir d'autre ? Et d'ailleurs celui-ci la réjouit ; elle aime beaucoup sa compagnie et son père est très heureux depuis qu'ils sont ensemble. André a énormément souffert du décès brutal de la mère de Louise l'année de ses dix ans. Après un deuil douloureux il a réussi à rouvrir son cœur. Il a connu Clara dans le cadre de son travail, ce fut une bonne collègue, puis une amie et peu à peu cette amitié s'est transformée en une belle histoire d'amour. Depuis ils ne se quittent plus et ont acheté une jolie maisonnette dans le village natal d'André. Ils y retrouvent sa sœur Solange auprès de qui il a toujours trouvé le réconfort dont il a besoin depuis son enfance.

La veille Louise et Mamie Arlette ont veillé ensemble car demain Louise prend le train à 7 heures 45. Louise en a profité pour lui dire merci de l'avoir accueillie dans sa grande maison. Elle se rappelle son arrivée, seule, avec sa grande valise.

Mamie Arlette a vu venir une jeune fille timide, réservée et, aujourd'hui la femme qui est devant elle lui parle avec assurance et spontanéité ; elle la trouve encore plus attachante et l'écoute avec une grande émotion :

– Sans toi ces deux années n'auraient pas été faciles ! Tu m'as accueillie chez toi avec beaucoup de chaleur. Je me suis sentie immédiatement à l'aise. Et ta connaissance de Paris ! Incroyable ! Tu as tellement de petites anecdotes à raconter.

Mamie Arlette a grandement participé à l'intégration de Louise dans cette grande ville de Paris. Elle l'a amenée à apprécier cette capitale qui peut paraître austère à une provinciale loin de sa famille. Elle lui répond tendrement :

— Oui peut-être, mais toi depuis deux ans tu as réveillé les murs de cette maison qui dormaient. Je vais à nouveau me sentir bien seule.

— Mais pas pour longtemps, je reviens en septembre.

Louise reviendra à la rentrée finir son cursus à Paris. Une dernière année d'études l'attend.

Elles se sont couchées un peu tard. Elles avaient du mal, l'une comme l'autre, à se séparer. Louise n'en n'a pas conscience mais deux mois, c'est long pour une personne âgée, et Mamie Arlette est angoissée mais elle n'en laisse rien paraître. Elles ont promis de s'appeler souvent.

Ce matin Louise est partie mais sans promettre une dernière fois de donner souvent de ses nouvelles.

Enfin une voix dans le haut-parleur annonce l'arrivée de sa destination. Le train s'arrête ; dans un brouhaha elle récupère ses affaires et tente de se frayer un chemin jusqu'à la sortie. Les gens se bousculent et la poussent, tous veulent rejoindre le quai rapidement. Elle quitte difficilement ce train bondé ; au loin, elle aperçoit Clara et André. Elle leur fait signe et son père la rejoint à grandes enjambées, il l'aide à descendre ses bagages, il faut bien être deux pour porter la vie, d'une année entière à Paris, réunie dans ses valises.

– Bonjour papa, tu m'as manqué. Comment vas-tu ?
Ils s'embrassent et se dirigent en direction de Clara.
– Très bien. Ton voyage s'est bien passé ?
– Oui mais il a été pénible, beaucoup de monde dans les wagons ; c'est les vacances, les familles partent en congés. Mais tout va bien, je suis arrivée. Dis-moi, tu as quelque chose à m'annoncer ? Je suis impatiente !
– Tu devras attendre un peu, je t'amène à la maison et à midi nous mangeons au restaurant. Je te parlerai à cette occasion.

Louise n'insiste pas, elle sait que son père ne changera pas d'avis. De toute façon elle est persuadée d'en connaître déjà le motif. Elle se tourne vers Clara et lui fait un clin d'œil. Clara comprend aussitôt ce qu'elle a en tête et lui sourit tendrement.

Ils arrivent et pénètrent dans cette charmante maison que Clara a dénichée l'année passée dans ce petit village près d'Herbignac. Ils ont fait des miracles : elle est méconnaissable. Ils ont su garder son style original, tout en redonnant un coup de fraîcheur dans les pièces. *Ils ont vraiment fait du bon travail, pense Louise.*

Elle va dans sa chambre, elle a le temps de ranger ses affaires et de se changer avant de se rendre au restaurant. Elle prend une bonne douche et se détend sous l'eau chaude qui coule le long de sa nuque, puis de son dos ; elle tourne le robinet pour en refroidir la température et, masse avec le jet, ses jambes engourdies par le trajet et la chaleur du mois de juillet. Toute la fatigue du voyage s'atténue, elle est remplacée petit à petit par une merveilleuse sensation de bien-être.

Elle sort et se frotte vigoureusement avec une serviette qui sent bon le savon de Marseille. Le miroir lui renvoie son image. Elle est devenue une belle femme ; elle a remarqué le regard des hommes sur sa silhouette quand elle se promène dans les rues de Paris. Elle s'habille et prend un moment pour appeler Maxime, son amoureux. Ils devront attendre encore deux semaines pour se prendre dans les bras, il est encore coincé à Vienne, où il habite, et travaille comme électricien depuis un an. Il décroche.

– Enfin ! Je commençais à trouver le temps interminable. Tu es bien arrivée ?

– Oui... Tu peux m'excuser ? J'ai eu envie d'une bonne douche et de me poser un peu dans ma chambre. Le train était bondé et le voyage pénible.

– Bien sûr, mais j'étais inquiet. Je compte les jours, j'ai tellement hâte de te serrer contre moi, tu me manques.

– Á moi aussi ; nous allons au restaurant à midi. Mon père veut m'annoncer quelque chose. Je crois que je vais devoir me préparer une robe de demoiselle d'honneur. Mes deux ans de couture vont déjà me servir.

– C'est génial, tu me raconteras.

Louise lui rapporte sa soirée de la veille avec Mamie Arlette, et son regard triste quand elle est partie.

A son tour, il lui parle de son mal-être sur son poste actuel et de son désir d'évoluer. Ils pourraient continuer de parler pendant une heure.

Seulement voilà, André met fin à leur conversation. Il appelle sa fille.

– C'est l'heure Louise, j'ai réservé pour midi.

– J'arrive. Je suis prête. Où as-tu réservé ?

– Nous allons à la pizzéria.

Louise sourit. C'est encore un signe, Clara et André se sont déclarés leur amour dans un restaurant italien. Elle part avec eux radieuse, elle parle sans arrêt, intarissable, son père aussi lui a beaucoup manqué.

2

Pendant le trajet, tout en bavardant, l'esprit créateur de Louise est en ébullition, elle commence à réaliser des patrons dans sa tête. Pour la couleur elle devra attendre de savoir comment sera la toilette de Clara. Le restaurant n'est pas loin, ils arrivent devant l'établissement et André gare la voiture. Ils se dirigent tous les trois à l'intérieur. Le serveur les accueille et les dirige vers une table où quatre couverts sont dressés. Cela n'étonne pas Louise, les tables sont toujours mises pour des chiffres pairs.

Son regard fait le tour de la salle. Le restaurant est plein. La saison touristique a bien commencé. L'ambiance est joyeuse ; en face d'elle une petite fille mange des spaghettis à la bolognaise, elle lui sourit alors que sa bouche est pleine de pâtes, Louise lui fait un signe de la main et elle rit de plus belle laissant échapper de la sauce tomate qui dégouline des coins de sa bouche et risque de tacher sa jolie robe ; sa mère la regarde et la gronde gentiment.

Soudain, elle aperçoit un homme qu'elle connaît

bien : c'est Papi Pierrot. Tout le monde l'appelle comme ça dans le village. Il est très proche des enfants et leur raconte souvent des histoires de matelot qui les fait rêver ou même parfois frémir. Elle lui fait signe de loin pour lui dire bonjour. Il continue son chemin et se dirige droit sur eux.

– Papa, tu as vu ? Voilà Papi Pierrot.
– Oui, je l'ai invité à manger avec nous.

Ils se lèvent pour accueillir leur invité. Ils s'embrassent et Papi Pierrot prend place en face de Louise. *Ah bah ça alors ! Pourquoi veut-il annoncer la nouvelle devant Papi Pierrot ? Devant sa sœur Solange pourquoi pas, mais là !! Je ne comprends plus rien.*

Louise commence à bouillir intérieurement, elle n'ose pas couper court à leur conversation, cela serait très impoli, mais à ce rythme elle n'est pas prête de savoir pourquoi ils sont là.

Elle devra donc encore patienter. Son père commande leur vin favori. Ils commencent à prendre l'apéritif en continuant de parler de futilités.

– Comment va un tel depuis l'autre jour ? Tu as pêché du poisson hier ?

André trinque et déguste son verre de vin. En parlant

il se tourne, et croise le regard de Louise qui trépigne d'impatience, il se décide enfin à lui dire ce qu'elle attend depuis ce matin. André n'est pas un grand parleur, il a l'habitude d'aller droit au but. Il n'a aucune idée du tsunami émotionnel qu'il va provoquer chez Louise. Il regarde sa fille et sans préambule il lui dit :

– Je te présente ton grand-père, le père de ta maman.

Il s'en suit un lourd silence auquel lui-même ne s'attendait pas ; Louise regarde interloquée son père, puis Papi Pierrot qui semble, lui aussi, gêné par l'annonce brutale d'André. Celui-ci la regarde tendrement puis baisse la tête, impuissant devant le mal-être de Louise. Il ne peut supporter son regard scrutateur. Elle réagit enfin à cette annonce inattendue en bredouillant :

– Comment ?... mais... je ne comprends pas.....Pourquoi tu me le dis seulement aujourd'hui ?

– Parce que personne ne le savait. C'est une histoire incroyable. Je ne voulais pas te l'annoncer par téléphone ; nous avons préféré attendre et te révéler cela de vive voix.

Louise est sous le choc, en quelques secondes elle se retrouve des années en arrière. Elle revoit sa maman, elle revit le choc effroyable de l'annonce de son décès suite à un accident de voiture, puis le jour de l'enterrement. Elle se souvient de tous ses amis bretons qui s'étaient déplacés pour lui rendre hommage. *Comment est-ce possible que personne n'ait été au courant. Le village est petit. Tout se sait, les nouvelles se propagent vite* ici.

André lui rapporte alors la découverte de Clara : des courriers de la maman d'Annie dans le tiroir d'une armoire de la maison qu'ils ont achetée.

Clara coupe la parole à André et décide de prendre la suite des évènements ; elle a remarqué le désarroi de Louise et elle comprend que celle-ci aura besoin de temps pour accepter les choses. Elle décide de s'en tenir à la découverte des missives qu'elle a lues après le départ de Louise pour Paris.

– J'ai été très surprise de lire ces lettres mais je n'ai fait aucun lien avec Annie, ta maman. Beaucoup plus tard je les ai dévoilées à ton papa et c'est à la dernière qu'il a compris. Je te propose d'en rester là et, cette après-midi, je te les montrerai ; elles étaient destinées à la meilleure amie de Mathilde, ta grand-mère. Mais maintenant mangeons, nous t'avons donné assez d'émotions pour une seule matinée.

Louise acquiesce de la tête, elle est ailleurs, elle n'arrive pas à regarder Papi Pierrot. D'habitude ils plaisantent tous les deux avec beaucoup de connivences. Elle s'est toujours sentie bien près de lui, protégée. Voilà enfin l'explication de cette complicité entre eux.

Bien sûr, elle est contente de cette nouvelle, mais elle a besoin de temps pour accepter de passer le cap : Papi Pierrot devient Papi tout court. Elle prononce ce mot en boucle dans sa tête, avec une intonation nouvelle quand elle dit « Papi ». Ce mot, tout à coup, a pris une autre dimension, elle qui n'a jamais eu de grands-parents ; les parents d'André étaient morts avant sa naissance et sa maman était une enfant abandonnée ! En cinq minutes à peine elle vient d'apprendre qu'elle a un grand-père vivant mais aussi la connaissance d'une Mathilde, sa grand-mère maternelle. Certes, celle-ci est décédée, mais elle a un prénom, enfin ! Et cette histoire mystérieuse qui l'entoure ! Que s'est-il passé ?

Louise engloutit son déjeuner, elle les écoute parler, silencieuse. Le repas se termine et Papi Pierrot se lève le premier. Il met un terme à sa présence en prétextant une fatigue et le besoin de faire la sieste. En embrassant Louise il presse doucement son épaule dans sa main, comme pour la réconforter et lui suggérer une nouvelle étape dans leur relation.

En arrivant dans sa chambre, Louise se précipite sur le téléphone. Elle doit appeler deux personnes de toute urgence : Maxime et Lola.

Elle a rapidement Maxime et le met au courant de la situation. Il est surpris mais il considère que c'est une merveilleuse nouvelle pour tous les deux. Elle est d'accord mais, néanmoins, elle a reçu un sacré choc qui suscite en elle de nombreuses questions. Louise ressent soudain le besoin d'être seule pour penser à tout ça. Elle prétexte une course à faire et met fin à la discussion. Elle n'aura Lola que ce soir, elle décide de rejoindre Clara dans le salon et de lire ces fameux courriers qui vont bouleverser son quotidien.

3

Lola veut devenir avocate, les études sont longues ; en attendant elle travaille souvent dans des cabinets de juristes ; elle aide à la préparation des dossiers et elle a parfois une expertise qui lui a permis, quelques fois, de se faire remarquer. Elle acquiert ainsi une expérience qui lui sera très utile plus tard.

Elle a hâte de rejoindre Louise, son amie de cœur et sa cousine Gaëlle qui habite également dans ce village. Toutes les trois ont noué une belle relation d'amitié. Gaëlle s'est fiancée, malgré son jeune âge, avec Cédric, le pitre de sa classe ; ils étaient inséparables. Depuis, elles s'appellent moins souvent. Gaëlle partage son temps entre son travail dans l'entreprise du père de Cédric et son amoureux. Cependant, elles ont promis de toujours s'accorder une ou deux sorties entres filles pendant les vacances.

Cette année, le travail de Lola lui permet de percevoir une petite rémunération, elle s'est affranchie de la dépendance financière de ses parents. Elle a troqué sa chambre universitaire contre un studio, à Pau, son maigre salaire lui permet d'avoir son petit chez soi. Ses besoins d'indépendance ont toujours été très forts; malgré une certaine liberté d'action dans les résidences universitaires, cette année elle s'est sentie à l'étroit. Elle a décidé d'abandonner ce confort matériel, octroyé toutes ces années par ses parents, même si de temps en temps elle accepte encore un billet pour finir le mois. Elle connaît sa chance d'avoir grandi dans une famille aisée grâce à la réussite professionnelle de ses parents ; elle en a pris conscience.

La dernière fois qu'elle avait eu son amie Louise au téléphone, elle l'avait informée de son projet :

– Tu sais, cette année je gagne enfin un peu d'argent. J'ai regardé les annonces immobilières, je peux avoir un petit studio pas loin de la résidence. J'ai envie de me lancer et d'avoir mon propre appartement.

– Pourquoi pas ! Tu es responsable et tu n'as jamais aimé les règlements. Je comprends que ceux de la résidence deviennent trop contraignants pour toi. J'avoue que moi, avec Mamie Arlette, je suis chanceuse. Je suis comme chez moi. Je n'aurais peut-être pas aimé non plus cette promiscuité, la première année, je pense que tu l'as appréciée ? Cela permet de faire des rencontres.

– Oui, même en ce début d'année j'étais bien. C'est un petit cocon pour les étudiants, on se fait des amis et pour étudier on a tout sur place. Mais aujourd'hui j'ai besoin de plus d'espace. Et puis je me sens parfois mal à l'aise. Très peu d'étudiants connaissent ma condition aisée. Aujourd'hui cela me gêne. Beaucoup de mes amis sont en galère, même pour manger. Je les vois revenir du Secours Catholique avec des colis et certains vont sur les marchés, quand les forains sont partis, pour trouver des légumes et des fruits frais qu'ils ont abandonnés dans les cagettes.

– Oui c'est la triste réalité, les études reviennent très chères. Je sais que mon père a déboursé beaucoup pour payer le loyer et l'école. Je suis contente qu'il ne me reste plus qu'une année à faire.

La décision de Lola a pris de court Julie et Alain qui se retrouvent seuls dans leur grande maison. Ils l'ont achetée avant la naissance de Lola ; elle y est née dans la grande baignoire qui trône dans la chambre parentale. Ils y ont été très heureux. Lola adore revenir et faire des promenades dans le parc avec son cheval, Rubi, mais quand elle revient voir ses parents elle est nostalgique de son enfance, elle pense souvent à

Louise, à leur complicité. Depuis leur première année elles étaient toujours ensemble ; elles ont fréquenté la même école maternelle, puis l'école primaire jusqu'au décès d'Annie, qui était non seulement la mère de Louise mais également la nourrice de Lola. Le choc a été si brutal pour tout le monde : Louise a dû partir chez sa tante en Bretagne et Lola s'est retrouvée bien seule et très perturbée pendant deux ans. Aujourd'hui, elle a compris qu'une page s'est définitivement tournée.

Le papa de Louise s'occupe toujours de l'entretien du parc de la résidence de ses parents. Ils avaient emménagé dans la maison qui se trouve en contrebas de la sienne l'année de sa naissance. Louise y habitait avec André, mais depuis deux ans les études ont éloigné les deux amies, Louise à Paris et Lola à Pau, elles ne se voient pas souvent.

4

Lola est, maintenant, une très belle femme, toujours pressée comme son père, et elle est promise à un bel avenir professionnel. Par contre, sur le plan sentimental, c'est plus chaotique. Elle a eu plusieurs relations avec des garçons de son âge qui l'ennuyaient rapidement puis avec des hommes plus âgés qui lui demandaient un engagement trop rapide; bref, ses amours n'ont jamais duré très longtemps. Elle était l'éternelle célibataire du trio.

Or, depuis quelques temps elle fréquente une personne; elle l'a rencontrée lors d'un vernissage à la galerie de peinture de sa mère. Ce fut un grand choc émotionnel pour elle. Elle a d'abord été surprise de ses propres sentiments. Elle ne l'a pas abordée contrairement à son habitude : Lola n'a jamais froid aux yeux. Elle n'hésite pas à entamer les conversations ; elle est même parfois très aguichante avec les hommes qui lui plaisent. Elle ne s'est jamais souciée du regard des autres.

Mais cette fois-ci, elle s'est effacée, mise en retrait, persuadée que tout cela était une illusion, un fantasme. Bien sûr, elle a croisé son regard, ce doux regard qui semblait l'inviter, mais elle niait l'évidence. Elle a attendu, refuser de comprendre pendant de longues semaines, au risque de passer à côté de cet amour qu'elle sentait, pourtant, déjà très intense. Heureusement, le destin les a souvent réunies à la galerie.

Ce fut Hélène qui fit un pas vers elle. Lola fut complètement envoutée par le son de sa voix, grave mais pas trop, avec un léger accent du sud. Au fil des conversations, elle fut séduite par son intelligence et ses connaissances culturelles. Elle avait trouvé quelqu'un avec qui converser. Elles parlaient pendant des heures et ne voyaient pas le temps passer. A chaque rendez-vous Lola s'étonnait de la place qu'Hélène prenait dans sa vie. Elle avait besoin de la voir, de l'entendre, elle lui devenait indispensable. Si un jour leur agenda ne leur permettait pas de se croiser, son absence rendait sa journée terne, vide.

Contrairement à Lola, Hélène connaît depuis toujours son attirance pour les femmes. Elle a vu que pour

Lola c'était une interrogation, une première fois. Elle ne l'a pas brusquée.

Elles se sont revues pour déjeuner, elles ont arpenté les rues de Pau, fait les magasins de mode. Elles sont vite devenues inséparables. Un seul regard suffit pour qu'elles se mettent d'accord. Avec Hélène, elles ont les mêmes goûts littéraires, les mêmes aspirations. Leur rythme de vie est leur seule différence: Lola aime vivre à cent à l'heure alors qu'Hélène prend le temps d'écouter, de regarder. Sur ce point elle lui rappelle Louise.

Louise qu'elle n'a pas mise au courant. Elle attend, elle veut d'abord comprendre pourquoi....accepter....s'accepter ?

Lola sent les petits papillons qui animent son corps quand elle voit Hèlène, cette douce chaleur qui la fait fondre quand elle la regarde.

Depuis qu'elle la connaît, Lola vient très souvent, seule, faire des promenades avec Rubi, son cheval, il est son confident de toujours ; tout en peignant sa crinière elle lui a confié ses doutes, elle lui a parlé d'Hélène. Il a senti que quelque chose la bouleversait. Il lui donnait des petits coups avec sa tête comme pour lui dire : je comprends ; alors, Lola grimpait sur son dos, elle défoulait son trop plein d'énergie avec lui dans des galops endiablés et, à ce moment là, elle et Rubi ne faisaient plus qu'un. C'était une parenthèse, un moment d'évasion où elle ne pensait plus à rien.

Puis un jour elle a décidé de le présenter à Hélène. Elles ont fait de grandes balades à cheval. Hélène a monté Fréro, son vieux compagnon, il n'est plus très jeune mais apprécie encore de se promener dans le parc. Elle lui a expliqué que depuis son enfance l'équitation prenait une grande place dans sa vie, c'est tout naturellement qu'elle voulait partager sa passion avec elle. Elles restaient des heures avec eux, leurs présences leur devenaient presque cruciales. Hélène avait compris que les chevaux seraient le lien qui les aiderait à s'unir. Et effectivement, ce fut là, sous les yeux complices de Rubi, que Lola fondit en larmes dans les bras d'Hélène. Elle a enfin lâché prise et accepté l'évidence. Ce fut une délivrance, elle fut bouleversée par tout cet amour qui la pénétra de la tête aux pieds. Jamais elle n'avait été aussi chamboulée. Elles se sont embrassées, un premier baiser timide qui a succédé à d'autres beaucoup plus passionnés.

Après avoir apprivoisé l'idée que l'amour de sa vie serait Hélène et personne d'autre elle se sent prête pour affronter la terre entière mais, d'abord, il lui reste une chose à faire : l'annoncer à ses parents.

Elle commence par la présenter à sa mère, lors d'un vernissage, puis à son père au cours d'une soirée, mais, sans préciser leur relation intime. Comment vont-ils le prendre ?

Puis elle se lance et aborde le sujet avec sa mère un jour qu'elles étaient seules dans leur jardin d'hiver. Elle respire profondément et dit :

– Maman, j'ai quelque chose à t'annoncer… tu as remarqué que je vois souvent Hélène ces derniers temps n'est-ce pas ?

– Oui, nous l'aimons beaucoup avec ton père. Tu ne nous a pas dit ce qu'elle fait dans la vie ?

– Elle est restauratrice de tableaux d'art, je l'ai rencontrée dans ta galerie lors d'un vernissage.

– Oui, effectivement je lui avais parlé. Nous avions échangé sur une toile. Que veux-tu me dire ? Si elle a besoin de conseils je peux lui faire profiter de mon expérience sans problème.

– Non, je te remercie, elle n'a besoin de rien….Maman…, il faut que je te dise, Hélène est plus qu'une sœur pour moi, plus que Louise...Est-ce que tu comprends ?

Sa mère la scrute longuement dans les yeux sans parler. En fait elle savait déjà, elle s'en doutait. Elle a vu les paillettes dans les yeux de sa fille quand elle la regardait, sa joie de vivre depuis quelques temps. Evidemment, elle n'y croyait pas vraiment puisque sa fille avait toujours fréquenté des garçons, mais là, elle doit se rendre à l'évidence, et, au fond, que lui importe que sa fille soit homosexuelle, pour elle, l'essentiel c'est le bonheur de Lola, si cette relation est l'amour de sa vie elle ne doit pas y renoncer.

Comme Lola, le regard des autres n'a jamais eu d'importance pour elle, et puis aujourd'hui les choses ont changé, les mentalités ont évolué depuis ces dernières années, plusieurs couples gays font partie de sa clientèle et de leurs amis.

– Oui, je comprends maintenant, je m'en doutais un peu quand même. Maintenant j'aurai deux filles. Es-tu heureuse ?

– Oui, je le suis mais il y a encore une ombre à mon bonheur, je dois le dire à papa. J'ai peur de sa réaction.

– Il est certain que personne ne s'attend à cette nouvelle, vu tes précédentes relations. Ce sera une surprise de plus. Je crois que ton départ pour ton studio l'a affecté ; ta décision a été brutale, j'ai l'impression qu'il a eu du mal à te comprendre. Il pensait encore garder sa petite fille. Pour Hélène il sera étonné, c'est sûr. Je pense qu'il lui faudra du temps pour réaliser. Mais il l'apprécie déjà beaucoup, c'est un bon début ! Veux-tu que je lui parle ?

– Non, c'est à moi de le faire.

Lola repart rassurée, sa mère la comprend et la soutient. Elle espère que son père sera aussi compréhensif, elle ne veut pas choisir entre l'amour de son père et celui d'Hélène. Pour elle cela serait un déchirement.

5

Louise a rejoint Clara dans le salon.
– Comment vas-tu Louise ?
– Bien, je suis sous le choc c'est tout. Cela remet en cause tellement de choses. J'aurais aimé que maman l'apprenne de son vivant. Elle a toujours cru qu'elle avait été abandonnée parce qu'on ne l'aimait pas.

Sa belle-mère ouvre un tiroir, lui tend les courriers et affectueusement elle lui dit
– Je suis à côté si tu veux parler.

Louise s'installe profondément dans le canapé, elle s'entoure de coussins moelleux comme pour se faire une protection face à cette émotion qui l'envahit. Elle découvre les missives et elle les lit plusieurs fois avec beaucoup d'attention, puis elle rejoint Clara. Elle n'a pas bougé, elle attend Louise avec la patience d'une mère. Elle, qui n'a jamais eu d'enfant, a épousé ce rôle de seconde maman avec tellement d'amour. Elle n'a jamais éprouvé de jalousie envers Annie, elle a pris l'histoire de Louise en route et s'est accoutumée à l'entendre parler de sa maman sans aucune amertume.

Même si elle est étrangère à tout ce qui se passe, aujourd'hui elle est là, et sa belle-fille a besoin d'elle. Elle l'écoute avec attention.

– Mathilde n'a vraiment pas eu de chance, aujourd'hui avec les progrès de la médecine les choses auraient peut-être été différentes.

– Oui, son histoire aurait pris une toute autre tournure. Papi Pierrot l'aimait de tout son cœur. Son union avec sa femme était un mariage arrangé. Il voulait tout quitter pour ta grand-mère mais elle était repartie pour Paris avant son retour en mer et il ne l'a jamais revue. Pour lui aussi ces courriers furent un grand bouleversement.

– Je sais que je n'ai pas été très gentille aujourd'hui avec lui. J'ai besoin de temps, mais je vais aller le voir bientôt. Nous parlerons de Mathilde, j'ai enfin une famille du côté de ma mère. Des souvenirs à partager avec quelqu'un. Il aura peut-être une photo.

– Sûrement, ou au moins il pourra te la décrire.

– Merci Clara, tu es si gentille. Je pensais que papa allait m'annoncer votre mariage. Tu es ma deuxième maman.

Á ces mots, Clara éprouve un grand émoi mais elle se ressaisit aussitôt.

– Tu connais ton père ! Pour lui les choses sont très bien comme ça, et puis nous sommes heureux, c'est le principal. Je ne manque de rien avec lui.

Louise se penche vers la joue de Clara et y dépose un baiser. Elle regarde sa montre, dix-huit heures, elle va bientôt pouvoir appeler Lola. Elle a hâte d'entendre sa réaction. Je pense qu'elle sera contente pour moi. Elle prend son portable et sort de la maison. Elle a besoin d'être seule avec son amie. Elle fait son numéro, au bout de deux sonneries Lola répond.

– Allo Louise, je suis contente de t'écouter. Plus que deux semaines et je serai en Bretagne ; j'ai hâte.

– Moi aussi je suis impatiente, surtout que j'ai quelqu'un à te présenter.

– Qui ?

– Mon grand-père, figure toi. Ça t'en bouche un coin n'est-ce pas ?

– Je croyais qu'il était mort ?

– Oui le père de mon père est mort mais je viens d'apprendre que le père de ma mère est vivant. C'est une histoire incroyable. En plus, tu le connais, c'est Papi Pierrot.

– Ah bah ça alors ! Qui te l'a dit ?

– Mon père, il avait une annonce à me faire, je croyais que c'était son mariage avec Clara. J'étais loin de m'imaginer une chose pareille !

Louise lui raconte cette histoire dans les grandes lignes et lui promet de lui en dire plus quand elle arrivera.

– Tu es contente ? Tu aurais pu tomber pire comme grand-père !

– Oui mais pour le moment j'ai du mal à réaliser. On se voit bientôt ?

– Bien sûr.

– Oui, au fait !! Moi aussi j'ai une personne à te présenter.

– Ah oui ! Alors ? Brun ?, Blond ? Yeux bleus ? 1,80 mètre ? Comment s'appelle-t-il ?

– Tu verras, je préfère ne pas t'en parler avant.

– Décidemment, c'est l'année des surprises !

Elles raccrochent mutuellement et Louise retourne près de Clara.

Son père devrait rentrer bientôt ; avec Clara, ils ont pris l'habitude de faire de grandes balades. L'acquisition de leurs vélos est une très bonne décision, elle leur permet de s'échapper tous les deux dans la nature qu'André affectionne tant. Mais, aujourd'hui Clara a préféré rester avec Louise qui avait besoin d'être réconfortée après la lecture de ces courriers, l'objet de tous ces bouleversements.

La soirée est plus calme pour Louise, André et Clara vont au cinéma. Louise se replonge dans le roman bouleversant de Bernard CLAVEL « La révolte à deux sous » qu'elle a commencé dans le train.

Á la fin du week-end Clara et André repartent dans le Béarn, pendant quinze jours elle sera seule mais cela ne l'inquiète pas, elle se sent chez elle ici, elle ne s'ennuie jamais.

Le lendemain matin, Louise reprend la lecture de son livre, une histoire émouvante. Elle a hâte d'en connaître l'aboutissement car hier soir, après une centaine de pages elle s'est endormie comme un bébé.

Clara et André sont partis en vélo avant qu'elle ne se lève. Ils adorent capter ce moment : Le réveil de la nature ; ils sont émerveillés devant le soleil qui se lève doucement derrière les collines. Ils écoutent au loin les cris des oiseaux, ils perçoivent parfois le mouvement furtif d'un animal qui s'enfuit à leur approche, dérangé par le bruit de leurs roues sur le chemin ; parfois ils voient passer une loutre qui les regarde un instant puis se sauve, elle aussi, à toute vitesse. Ils se mettent au diapason avec la campagne qui s'anime et restent un long moment en silence à la contempler.

Tous les deux sont tellement complices, ils n'ont pas besoin de parler pour se comprendre. Puis ils prennent le chemin du retour et s'offre un copieux petit-déjeuner.

6

Après le repas Louise décide d'aller, seule, sur la tombe de sa grand-mère. Elle passe par la fleuriste, achète un bouquet de fleurs et se dirige vers l'entrée du cimetière. Elle ne connaît pas l'emplacement de sa tombe mais elle devrait trouver assez facilement, le cimetière n'est pas grand. La porte s'ouvre en grinçant, il n'y a personne aux alentours, à cette heure-ci il fait encore très chaud. Elle arpente les allées, cherche en vain pendant une bonne demi-heure puis se décide à demander de l'aide. Le gardien, dérangé pendant sa sieste, la regarde un moment décontenancé par sa présence à cette heure de la journée, d'habitude il n'a pas de visite avant 16 heures ; il vérifie sur son registre et lui indique l'emplacement.

Elle se dirige lentement vers le lieu indiqué. La chaleur est étouffante mais, heureusement, l'allée est ombragée par quelques arbres. Des gouttes de sueur lui tombent sur les yeux, machinalement elle les essuie. Plus elle avance et plus l'émotion lui noue la gorge. Un peu plus loin, elle aperçoit une pierre isolée, elle s'approche, elle la trouve enfin, c'est bien celle-ci. Une simple dalle avec une inscription : « Ici repose Mathilde, ma meilleure amie ». Elle est surprise par la simplicité de la pierre tombale. La pierre en granit est rongée sur les côtés par le sel et les intempéries et une petite croix en fer a été légèrement inclinée par le vent. Elle se penche et la redresse. Elle n'a pas apporté de vase, elle pose son bouquet délicatement sur la dalle. Machinalement, elle lui parle à voix basse :

– Bonjour, je suis ta petite fille, Louise, j'ai découvert depuis peu ton histoire, j'aurais tellement aimé te connaître. Ta fille aussi, elle s'appelait Annie. Peut-être vous êtes-vous retrouvées au paradis ?

Sa gorge est serrée et elle a du mal à avaler, elle essuie une larme, elle ne pensait pas être aussi troublée en venant ici. Elle se dit qu'Annie serait bien là près de sa Maman. Elle reste un grand moment près de la tombe plongée dans ses pensées. Puis elle rentre lentement chez elle et trouve Clara dans le jardin.

– Je reviens du cimetière.

– Tu es allée sur la tombe de Mathilde ?

– Oui, elle est bien triste, une simple dalle en pierre érodée par les intempéries. J'ai eu une idée. Crois-tu que l'on pourrait réunir Mathilde et Annie ? On leur doit bien ça, on ferait une petite cérémonie toute simple comme l'était maman.

– Pourquoi pas, parles-en aux intéressés, ton père et ton grand-père. Moi, je considère que c'est une bonne idée.

Louise rentre et se fait un thé, son père est dans le salon, elle décide d'en discuter d'abord avec lui. Elle lui expose son idée et attend sa réaction.

– Je te reconnais bien là, Louise. Tu penses à tout. Evidemment que c'est une bonne idée. Je n'y avais absolument pas pensé. Comment rendre un plus bel hommage à Mathilde. Elle aura droit à une nouvelle sépulture et je sais qu'Annie serait tellement contente d'être enfin près de sa Maman. Il y a sûrement pas mal de démarches à faire mais je m'en occupe. Ne t'inquiète pas. Nous en parlerons quand même à Papi Pierrot.

Louise retourne annoncer la réponse d'André à Clara qui l'accueille d'un sourire approbateur puis elle l'aide à désherber les plates-bandes. Elle s'attaque aux herbes aromatiques qui dégagent tour à tour leurs arômes, elle termine par le thym qui possède une petite saveur poivrée. Le parfum des plantes a embaumé l'allée ; satisfaites du travail effectué Louise et Clara restent un instant à contempler le massif et à respirer l'odeur qui se dégage.

Vers cinq heures Louise décide d'aller rejoindre Gaëlle à la sortie de son travail.

– Je file voir Gaëlle. En fait ? Elle est au courant pour Papi Pierrot ?

– Non, nous n'avons rien dit à Gaëlle. Seule, ta tante Solange le sait. Ton père connaît ta cousine, il savait qu'elle ne pourrait pas tenir sa langue et ton père voulait absolument te mettre au courant lui-même. Ce n'est pas une information qu'il souhaitait faire par téléphone ni par personne interposée.

7

Louise arrive devant l'entreprise et aperçoit Gaëlle par la fenêtre, elle fait des photocopies, sans doute les plans d'un joli voilier. Elle est très admirative de la progression de sa cousine. Elle s'est immédiatement adaptée et intégrée au sein de cette entreprise familiale. Les parents de Cédric sont très gentils, heureusement, car Gaëlle a beaucoup de caractère ; elle a toujours su ce qu'elle voulait : un mari, sa maison et un enfant. Peu lui importe son métier, pourvu qu'il lui permette de vivre son rêve. Toutefois, elle est très professionnelle et Louise est convaincue que son travail est exemplaire. C'est sans doute ce qui permet à chacun de vivre cette collaboration en grande intelligence.

Elle va bientôt sortir, Louise préfère l'attendre à l'extérieur. Elle hume l'air iodé de sa Bretagne. Depuis cette annonce un profond bouleversement s'installe en elle. Maintenant elle a le sentiment d'être pleinement chez elle ici, là où sont ses racines.

Gaëlle sort enfin, elle voit Louise et les deux cousines se jettent dans les bras l'une de l'autre. Leur complicité fait plaisir à voir. Gaëlle lui raconte sa vie avec Cédric, leurs projets : un mariage qui se précise à l'horizon et, pourquoi pas un bébé malgré leur jeune âge, tous deux étant prêts à devenir parents. Elle ne regrette rien. Louise la laisse parler, Gaëlle est très bavarde et, elle a besoin de décompresser de sa journée. Quand elle se décide à marquer une pause, Louise lui raconte à son tour sa vie à Paris auprès de Mamie Arlette. Elle lui explique qu'elle a hâte d'obtenir son diplôme et de venir s'installer en Bretagne.

– En Bretagne ? Jusqu'à présent tu hésitais entre le Béarn et la Bretagne. Qu'est-ce qui t'a fait changer d'avis ?

Décidemment Gaëlle est très perspicace. Pense Louise, elle lui répond :

– Une discussion que j'ai eue avec mon père aujourd'hui. Allons boire un verre au café, je vais te raconter une partie de mon histoire que personne ne connaissait, même pas ma mère.

Gaëlle la regarde interrogative. Louise connaît son impatience et elle ne la fait pas languir, elle lui annonce la nouvelle mais en y mettant plus de formes que son père. Gaëlle est, elle aussi, surprise par cette découverte à la fois merveilleuse et perturbante. Après toutes ces années, il s'en est fallu de peu pour que cette histoire ne soit enterrée à tout jamais.

– Quelle a été ta réaction ? Je suppose que tu as été choquée.

– Oui, en plus, mon père m'a dévoilé ce fait comme s'il m'annonçait un futur déménagement ou un changement de voiture. Il pensait que cet évènement n'aurait aucune répercussion pour moi.

– Oui, c'est tout lui ça. Tu l'as annoncé à Lola ?

– Oui, je l'ai eue hier soir. Elle est contente que ce soit Papi Pierrot, nous n'avons parlé que de cette découverte. J'attends de la voir pour lui annoncer mon désir de m'installer ici. Cette décision ne va pas la ravir. De toute façon, hier je ne le savais pas moi-même. Cela est devenu une évidence quand je suis allée sur la tombe de Mathilde.

Elles finissent leur consommation et se dirigent vers l'appartement de Gaëlle, le petit nid douillet qu'elle a créé avec Cédric.

– Je suis impatiente de serrer Maxime dans mes bras. Je supporte de moins en moins notre éloignement. Tu as de la chance, tu es installée avec Cédric et vous avancez ensemble. J'avoue que ces études me pèsent, je sais exactement ce que je veux maintenant et si cela ne tenaît qu'à moi, j'enverrais tout promener. Mais ce cursus a coûté cher et je dois à mon père de le finir. Cette dernière année sera interminable, je le sens.

Pour la réconforter Gaëlle lui propose d'aller jusqu'à la plage. Elle prend un seau par réflexe, elle trouve toujours un ou deux crustacés à ramasser. Les deux amies arrivent près de l'océan, l'air iodé leur rentre par le nez, elles respirent à fond et courent le long de la plage. Elles se mettent à rire et à s'éclabousser. Essoufflées, elles s'allongent sur le sable et écoutent le bruit des vagues qui couvre les cris des enfants.

– La saison touristique a commencé, la Bretagne est une destination de plus en plus prisée. On devrait peut-être investir dans des gîtes pour faire des locations ?

– C'est une bonne idée. Je reconnais là, la comptable qui est en toi !

Gaëlle sourit. Elles restent encore un moment sans parler, elles regardent les mouettes voler au-dessus d'elles puis se lèvent et rentrent tranquillement. Gaëlle et Cédric dînent chez les parents de Cédric, elle doit se préparer.

8

Depuis le départ de Lola pour son appartement Julie et Alain rentrent de plus en plus tard dans leur grande maison vide.

Julie est très prise par sa galerie. C'est un véritable succès. Elle est une artiste confirmée. Ses toiles ont une cote et elle reçoit des commandes d'un peu partout. Sa vie lui plaît, elle a une passion qui lui apporte beaucoup de satisfaction et surtout elle peut compter sur Alain, son mari qu'elle aime toujours autant. Elle a la sensation d'avoir réussi sa vie.

Alain, quand à lui fait bonne figure mais il s'ennuie et sort de plus en plus souvent le soir. Il erre dans des bars chics où il fait des rencontres pas toujours très intéressantes et boit un ou deux verres de whisky. Contrairement à Julie, la réussite de son entreprise était un objectif, une revanche sur la vie. Aujourd'hui, il a un associé avec qui il partage sa charge de travail. Grâce à sa collaboration ils étaient partis en voyage l'année passée : Une belle croisière tous les deux en amoureux. Il pensait renouveler ces pérégrinations avec Julie ou faire du sport, aller à des concerts, peu lui importait du moment que c'était avec elle. Mais Julie a toujours des engagements qu'elle ne peut annuler. Il voit le temps qui défile à toute vitesse, il a fêté ses cinquante-et-un ans cette année et, maintenant, Lola quitte la maison ! Décidemment c'est trop pour lui, depuis quelque temps il se traîne. Lui qui était connu pour son entrain, il est devenu nonchalant, plus rien ne l'intéresse. Il a conscience que quelque chose lui manque.

Le départ de Lola fut le choc de trop pour lui. Elle était son deuxième centre d'intérêt. Ils n'ont eu qu'un seul enfant et il a reporté tout cet amour paternel sur Lola. Après son travail, il l'appelait, ils échangeaient de longs moments. Il savait que le samedi elle revenait à la maison. Il a besoin de l'entendre, de la serrer dans ses bras. Ils étaient si proches ! Il était toujours présent pour elle et n'avait absolument pas anticipé son départ.

Aujourd'hui, il a la sensation d'être une coquille vide. Le sentiment qu'il est devenu inutile. Si l'entreprise ne le tenait pas il perdrait sûrement pied. Alain se rend compte de son état dépressif, mais il ne sait pas comment en sortir. Il est aspiré par ce vide immense. Il a du chagrin et ne sait pas l'exprimer auprès de ses proches.

De toute façon, Julie et Lola sont trop occupées pour s'en apercevoir.

Seul, André a vu le changement qui s'opère chez lui. Il connaît cet état. Il a tous les symptômes d'une dépression : son irritation quand il parle, son manque de soin inhabituel chez lui, son rythme lent quand il se déplace lui qui vivait à cent à l'heure.

André voudrait en parler à quelqu'un mais à qui ? Il doit prendre soin de lui. Sans sa présence et ses attentions au décès d'Annie, Dieu seul sait où il en serait ?

Avant de partir pour leur week-end prolongé du quatorze juillet il avait pris la décision de l'inviter en Bretagne, il en avait touché deux mots à Clara. Il sait qu'elle peut comprendre et le soutenir dans cette démarche car elle aussi l'apprécie beaucoup.

– J'ai vu Alain aujourd'hui. As-tu remarqué son changement de comportement ces derniers temps ?

– Oui, j'ai du mal à communiquer avec lui, il est soi-disant toujours pressé pourtant il s'enferme dans son bureau et je le vois tourner en rond.

– Je pense qu'il déprime, je connais cet état qui t'amène doucement vers le fond ; petit à petit tu perds pied. J'aimerais l'inviter à passer des vacances chez nous, qu'en dis-tu ?

– C'est une bonne idée, tu penses que la Bretagne va lui plaire ?
– On verra bien.

Alain a accepté l'invitation d'André. Non pour découvrir cette belle région mais il sait que Lola doit s'y rendre également. Il est content, il va pouvoir passer du temps près de sa fille chérie. Julie les rejoindra début août, le temps de livrer ses dernières commandes. La maison de Clara et André est trop petite pour les accueillir mais André leur a déniché un charmant gîte ; Alain s'est empressé de le retenir, cette période est très demandée et les locations sont rares.

Alain préfère habiter seul avec Julie et avoir une certaine indépendance. André et Clara sont devenus des camarades pour lui, depuis tout ce temps et il sera heureux de les découvrir dans l'environnement d'André. Ils pourront se voir à l'extérieur de son entreprise et créer peut-être un véritable lien d'amitié.
Il ne sait pas qu'André lui a prévu tout un programme pour le sortir de sa léthargie.

9

Le vendredi du 28 juillet annonce le dernier jour du travail, enfin les grandes vacances ! Cette nuit Clara et André repartent pour la Bretagne. La route est longue, ils prévoient de s'arrêter souvent. Ils ont bouclé les dernières valises, chargé quelques spécialités du Béarn pour Solange et fait le plein d'essence.

Pendant ces quinze jours, en attendant Clara et André, Louise a revu plusieurs fois Papi Pierrot. La première fois ce fut un matin, par hasard, avec Gaëlle. Elles sont retournées à la plage comme d'habitude, elles ne se lassent pas de longer la côte et de marcher sur le sable mouillé.
Tout en parlant, elles remplissent la moitié d'un seau de coques et, sur le retour, elles aperçoivent au loin Papi Pierrot. Il les a vues et leur fait un signe de la main. Impossible de l'ignorer. Elles se dirigent vers lui. Gaëlle l'embrasse en premier en lui disant :

– Contente que tu fasses partie de la famille. Tu avais

déjà une place importante pour nous, mais maintenant c'est encore mieux, tu es des nôtres.

C'est tout le manque de délicatesse de Gaëlle ça ! Heureusement le bruit des vagues a couvert la moitié de sa phrase. Mais, malgré tout, Papi Pierrot en a saisi la teneur. Il ne répond pas ; pour le moment, c'est avec Louise qu'il veut partager son histoire. Il le lui doit.

– Je pars en mer, je vais jusqu'à un petit port un peu plus au nord, voulez-vous venir avec moi ?

– Pourquoi pas ! répond Louise persuadée que Gaëlle viendra aussi.

– Désolée, mais moi je vais rentrer, je vous laisse profiter de cette balade tous les deux. A bientôt Papi Pierrot.

Et elle les plante là sans attendre leur réponse ; Louise se sent piégée, la promiscuité du bateau ne lui permettra pas d'éviter une explication avec Papi Pierrot et elle la redoute. Elle ne peut toujours pas l'appeler Papi et ce détail n'en est pas un pour elle car elle a peur de le blesser. Papi Pierrot l'aide à monter dans le bateau. Il a fait ce geste des dizaines de fois mais cette fois-ci sa main tremble un peu.

Gaëlle lance un dernier message à Louise avant de partir.

– A bientôt Louise, reviens me chercher après le bureau, on ira faire les magasins ensemble. J'ai des choses à te montrer.

– D'accord, je passerai te prendre à la sortie un soir.

Louise n'est pas dupe, elle sait que Gaëlle voudra tout savoir sur la balade d'aujourd'hui. Elle lui fait un signe et se tourne vers Papi Pierrot.

– Comment vas-tu Louise depuis cette annonce imprévisible ?

– Je me sens mal envers toi, je n'ai pas été correcte. Mais cette annonce a été trop brutale pour moi. Elle remet en cause beaucoup de choses notamment à propos de ma maman. Depuis je pense à elle tout le temps. Elle n'aura jamais su et, je suis triste pour ça.

– J'y pense aussi, c'est mon plus grand regret.

– As-tu une photo de Mathilde ?

– Oui une seule. Il sort de son portefeuille une photo en noir et blanc un peu jaunie. Il lui montre une jeune fille sur un vélo.

– C'est elle, c'est ta grand-mère elle était si jeune ! Nous sommes tombés follement amoureux. Ce furent les quinze jours les plus beaux de ma vie. La suite tu la connais. J'ai dû partir en mer avec mon père, la pêche n'attendait pas. A mon retour elle était partie. Rien, pas un seul courrier.

Louise prend la photo et observe sa mamie, elle ressemble un peu à Annie.

– Tu n'as eu aucune nouvelle même par cette amie chez qui elle était revenue ?

– Si, elle m'a dit que Mathilde était repartie pour Paris. Elle devait reprendre le travail.

-Mais elle devait avoir une adresse ? Tu n'as pas cherché à la contacter ?

– En fait, j'étais persuadé que je la reverrai aux prochaines vacances. Je te l'ai dit elle était très jeune. Je ne voulais pas la brusquer. Et puis le temps a passé, la routine. Avec le temps je me suis convaincu que pour elle je n'avais été qu'un simple amour de jeunesse.

– Oui mais quand elle est revenue ?

– Je ne l'ai jamais su. J'étais encore en mer. Quand je suis rentré ma femme m'a vaguement parlé d'un enterrement mais elle m'a dit qu'il s'agissait d'une inconnue. Cela arrivait souvent autrefois, la médecine n'était pas ce qu'elle est aujourd'hui. Et puis, tu sais, à l'époque les gens n'étaient pas causants. Je me rappelle l'avoir questionnée. Elle m'a répondu qu'elle ne savait pas grand-chose, juste que c'était une femme. Je n'ai pas pensé un seul instant à ta grand-mère. Pour moi c'était terminé, elle m'avait oublié depuis longtemps, l'amour d'un été ! Quand je pensais à elle je l'imaginais au bras d'un parisien élégant et cultivé.

– J'ai lu les courriers de Mathilde, elle ne voulait pas que tu sois au courant pour Annie.

– Oui je les ai lus aussi. Comme je regrette ; si j'avais été un peu plus curieux je serais allé au cimetière. Mais j'étais moi aussi très jeune et, pourquoi j'aurai douté à l'époque, puisque son amie ne m'avait rien dit non plus. ? Voilà toute l'histoire. Je ne cherche pas des excuses, il est trop tard pour réparer mais aujourd'hui nous sommes tous les deux des rescapés ; le tiroir d'une armoire a livré ce lourd secret qu'il contenait depuis toutes ces années.

Louise sourit.

– Oui, c'est vrai. Sur l'une des enveloppes il y a une adresse sur Paris. Je connais ce quartier de nom, il est loin de la maison de Mamie Arlette. Je passerai voir où Mathilde habitait quand elle était jeune. Je pense que l'immeuble existe toujours !

– Sait-on jamais ! Ou peut-être retrouveras-tu une de ses relations ; elle avait des amis sur Paris et sûrement de la famille.

– En tous cas, j'aurais pu tomber plus mal, on se connaît déjà et je t'apprécie beaucoup. J'ai pensé à quelque chose quand je suis allée sur sa tombe. J'en ai parlé à papa qui est d'accord. J'aimerais réunir Mathilde et Annie dans une même sépulture. Qu'en penses-tu ?
– Que c'est une bonne idée, évidemment. Bon fini de parler, je vais t'apprendre à barrer, ça t'intéresse ? Il est grand temps que je partage ma passion avec ma petite-fille.

Louise sursaute, il a dit petite-fille. Elle s'entend dire cela pour la première fois et cela lui procure une joie inattendue.

Depuis cette escapade, elle revoit Papi Pierrot presque tous les jours. Ils ont besoin de se parler, de rattraper le temps perdu.

Lui, veut lui transmettre tous ses secrets de vieux navigateur, ceux que l'on se transmet de génération en génération. Il veut aussi lui parler de ses parents, lui en apprendre plus sur ses origines.

Louise, en retour, a beaucoup de choses à lui confier : sa vie dans le Béarn avec Lola et ses parents. Elle veut lui parler de sa maman, lui raconter tous les souvenirs qu'elle a d'elle, lui montrer des photos, notamment celles qu'Annie faisaient à chaque occasion !

Ils ont beaucoup de souvenirs à échanger.

10

Lola n'a pas pu voir son père ce week-end, il est parti samedi très tôt rejoindre Clara et André en Bretagne. *Finalement ce n'est pas plus mal*, pense-t-elle, *je lui parlerai d'Hélène là-bas.* Il lui reste quelques jours à travailler. Des vacances bien méritées l'attendent après une année de travail acharné. Les valises sont prêtes, celles d'Hélène aussi. Elles doivent loger dans un gîte à dix minutes du village. Elles seront excentrées mais c'est ce qu'elles voulaient. Elles ont besoin de consommer cet amour en toute intimité, de se réserver des moments rien que pour elles.

Lola a prévu de présenter Hélène à Louise le dimanche matin. Elle l'a invitée pour le déjeuner. Maxime vient seulement dans l'après-midi, ce qui les laisse seules toutes les trois avant qu'il arrive. Lola est contente, elle veut voir la réaction de son amie. Elle la connaît par cœur, elle saura tout de suite ce qu'elle pense. L'avis de Louise est très important pour Lola ; elle a envie que son amie la comprenne, c'est presque son assentiment qu'elle attend.

Le jour « J » arrive, Lola est nerveuse, elle fait les cent pas, il est onze heures et Louise va bientôt apparaître. Hélène se tient en retrait, elle a compris l'importance de cette rencontre pour Lola. Elle s'active à la préparation du repas dans la petite cuisine.

Une voiture arrive et se gare devant le portail. Louise descend, elle voit son amie et l'interpelle :

– Lola te voilà enfin ! Les vraies vacances vont pouvoir commencer. Maxime aura un peu de retard, je vais rencontrer le nouvel élu. Où est-il ?

– Tu vas rencontrer l'amour de ma vie mais cette personne est grande à peu près comme moi ; peut-être légèrement plus petite.

Hélène arrive à ce moment avec une bouteille de vin blanc moelleux.

– Eh bien, la voilà, je te présente Hélène, ma compagne. Nous nous sommes rencontrées lors d'un vernissage et depuis je ne peux plus vivre sans elle.

Louise un moment interloquée, s'attendait à tout sauf à ça. Elle se ressaisit immédiatement, il ne faudrait pas que Lola soit déçue et qu'elle interprète mal son étonnement.

– Alors toi ! Pour une cachottière tu te tiens bien là.

C'est une surprise mais quand je vois ta mine réjouie je comprends tout.

– J'ai été la première étonnée car l'amour m'a saisie sans prévenir, et depuis je suis tellement heureuse !

Louise se tourne vers Hélène.

– On s'embrasse ?

– Bien sûr. Je suis contente de te rencontrer. J'ai beaucoup entendu parler de toi et de Gaëlle aussi.

– Décidemment cet été vous avez tous décidé de me surprendre. Heureusement ce ne sont que de belles nouvelles.

Hélène s'éclipse en cuisine, elle les laisse seules un instant, elles ont besoin d'échanger. Lola lui raconte tout : sa rencontre avec Hélène, ses interrogations, son hésitation et finalement le bonheur qu'elle vit enfin avec elle. Louise écoute son amie, elle comprend combien la remise en cause de sa sexualité a pu être douloureuse pour elle. Elle a dû reconsidérer tout ce qu'elle maîtrisait : la séduction, les gestes, mais aussi le regard d'autrui. *Si elle ne m'en a pas parlé, c'est qu'elle est passée par des moments de grandes interrogations et de doutes*, pense-t-elle.

Elles se taisent un long moment puis Louise, à son tour, lui rapporte ce qu'elle a appris : l'histoire d'amour de sa grand-mère avec Papi Pierrot ; leur bonheur qui a duré à peine quinze jours, puis la naissance d'Annie et le décès de Mathilde. Louise lui raconte ses rencontres avec Papi Pierrot depuis la découverte des lettres, le grand malaise qui les habitait tous les deux puis ses balades en bateau avec lui et le plaisir grandissant qu'elle a quand elle est près de lui.

Hélène revient chargée d'un plateau de fruits de mer. Elle le pose sur la table et jovialement dit :

– Que du local. Et frais bien sûr.

Elles rient.

En mangeant Louise continue de parler, elle explique à Lola que depuis ce dévoilement elle ne voudrait pour rien au monde repartir. Elle sent que sa place est ici. Là où tout a commencé pour elle. En parlant elle observe Lola qui semble tout-à-coup songeuse.

– En fait tu es en train de me dire que tu m'abandonnes ?

Louise tressaille, elle regarde Lola la bouche grande ouverte, plus aucun son ne sort. C'est ce qu'elle redoutait : qu'elle la déçoive. Mais en voyant la mine déconfite de son amie Lola éclate de rire. Pourtant elle aurait bien aimé faire durer son supplice un peu plus longtemps pour la taquiner.

– Je plaisante, tout va bien. Nous sommes ravies que tu te décides à t'installer ici. Nous aurons des vacances assurées chaque année, dit-elle, en regardant Hélène qui rit aussi.

– Tu m'as fait peur, espèce de fripouille ; tu ne m'en veux pas alors ?

– Pas du tout. Nous avons notre vie à faire maintenant. Toi dans les sillons de ta famille et moi certainement sur Pau où j'ai déjà tous mes contacts et mes parents. Comme je te l'ai dit, j'ai pris un appartement cette fin d'année scolaire. Avec Hélène on peut se voir sitôt que son emploi du temps le permet. Tu me connais, j'ai besoin de liberté ! Les horaires stricts, les règlements, très peu pour moi.

– Oui, mais tu t'en sors ? Financièrement je veux dire ? Je suppose que pour le moment tu ne gagnes pas beaucoup d'argent.

– Je reconnais que parfois mes parents me donnent encore un petit chèque pour finir le mois. Cela les rassure et moi je peux manger correctement. Avec Hélène nous pouvons vivre notre histoire loin de l'agitation, c'est important pour nous.

– Tes parents sont au courant pour Hélène ?

– Seulement ma mère. Je compte parler à mon père bientôt. Il est ici, ton père l'a invité à passer quelques jours.

– Oui, je sais, il m'en a vaguement parlé.

Elles terminent leur repas, parlent encore de leurs projets puis Louise prend congé, Maxime ne va pas tarder maintenant.

11

Maxime arrive à seize heures comme prévu, il a les bras chargés de valises et il a fait quelques emplettes en route. Il se décharge et soulève Louise dans ses bras. Il la fait valser en l'air sur une musique imaginaire. Il la repose délicatement et dit bonjour à Clara et André qui regardaient la scène amusés.

Une fois dans leur chambre Louise lui raconte les dernières nouveautés. Elle parle de son grand-père, tout ce qu'elle a appris depuis qu'elle est arrivée, puis sa rencontre avec Hélène, sa surprise en apprenant qu'elle est beaucoup plus qu'une amie pour Lola.

– Lola est tellement heureuse, je ne l'ai jamais vue ainsi. Je pense qu'elle a enfin trouvé sa moitié. Je suis si contente pour elle.

Maxime la regarde surpris, c'est un sacré chamboulement, l'année passée elle était avec un garçon. Le changement est radical, mais peu lui importe, il est ravi pour elle. Il comprend pourquoi elle avait du mal à trouver chaussure à son pied, aucun homme ne l'aurait satisfaite.

– Génial, j'ai hâte de faire sa connaissance.

Puis Louise commence à lui parler de son impatience et de la hâte qu'elle a de finir ses études.

– Tu as vraiment de la chance d'avoir terminé le lycée et de travailler !

Elle omet de lui dire qu'aujourd'hui elle ne se voit plus vivre ailleurs qu'en Bretagne. Depuis qu'elle connaît mieux son histoire, elle a pris la décision de s'installer ici près de son grand-père ; elle ne voit pas comment il pourrait en être autrement mais, en présence de Maxime, elle a soudain pris conscience que celle-ci va avoir des conséquences sur leur vie commune. Sera-t-il d'accord pour que Louise s'éloigne autant ?

Mais Maxime va lui faciliter la tâche, il a quelque chose à lui dire. *Lui aussi, décidemment, quel été !*

– Parle vite, que veux-tu me dire ?

– En un an, j'ai fait le tour de mon poste, je m'ennuie. J'ai besoin d'un nouveau départ. J'en ai parlé à mes parents qui me comprennent. Ils connaissent mon caractère et ils savaient bien que cela arriverait. J'envisage de m'installer à mon compte. Je ne supporte plus les décisions de mon « boss » que je trouve parfois inutiles ; Je ne le comprends plus et je le contredis trop souvent. Cela va mal finir. Je préfère arrêter avant le clash. Et puis maintenant j'ai assez d'expérience pour me lancer.

– D'accord, je comprends, c'est un virement important pour toi.

– Oui, mais je te connais, je te sens dubitative, il y a quelque chose qui t'ennuie ?

– Oui et non... je voulais aussi t'annoncer quelque chose. Du coup, je ne sais pas si c'est le bon moment pour moi.

– C'est-à-dire, précise, je veux tout savoir, raconte moi.

Louise lui explique alors le cheminement de sa décision depuis qu'elle a lu les lettres. Elle souhaite passer plus de temps ici, voire... y habiter... s'y installer. Elle marque un temps d'arrêt, elle connaît Maxime, elle s'attend à un agacement, une grimace négative, mais rien, il ne dit rien. C'est encore pire. Elle ne perçoit aucun signe sur son visage. Il faut qu'il s'exprime, elle n'en peut plus.

– Alors ? Tu ne dis rien ?

– J'écoute et au contraire, c'est le bon timing. Maintenant je sais où développer mon entreprise. Mes parents seront peut-être déçus et encore je ne sais pas. Ils seront à la retraite d'ici quelques années et rien ne les obligera à rester à Vienne. Je suis leur seul enfant, je pense qu'ils me rejoindront ici.

Louise se jette dans ses bras.

– Ouf, il ne me manquait que ton avis. Je suis aux anges, plus que cette année à faire pour avoir mon diplôme. Comme j'ai hâte, avec ma copine de classe Mégane nous sommes allées voir la boutique de notre amie Geneviève qui a terminé son cursus cette année. Nous l'avons tellement enviée.

– Oui la dernière année est la plus difficile, tu as la pression de la réussite de ton examen. Mais profite à fond, c'est aussi la dernière année d'insouciance.

Louise se blottit tout contre lui et au contact de leurs corps serrés l'un contre l'autre, plus rien n'existe alors, uniquement leurs mains et leurs jambes enlacées dans un même besoin : se toucher, se caresser, s'embrasser. La chaleur de leurs peaux s'ajoute à celle suffocante de la pièce. Ils font l'amour tendrement et restent longuement langoureux, dans les bras l'un de l'autre, avec la sensation du bonheur absolu.

Louise se lève la première, ils sont en nage. Elle court sous la douche et Maxime ne tarde pas à la rejoindre.

Clara et André les entendent rire et chanter sous l'eau.

– Eh bien la maison est animée avec eux ! Dit Clara à André sur un ton joyeux.

Clara se lève du canapé et passe par la salle de bain ; elle se recoiffe et met un peu de rouge à lèvres, ils doivent tous se retrouver chez Solange ce soir.

12

Solange les attend devant la porte, elle les accueille avec sa bonne humeur habituelle. Elle prend Louise dans ses bras et lui caresse les cheveux dans un geste affectueux. Une relation particulière s'est nouée entre Solange et Louise, elle est comme sa fille ; elle est restée chez eux quand cet accident dramatique est survenu. Cette épreuve les a rapprochées à jamais. Louise aussi l'adore et elle retrouve dans ses bras les sensations qu'elle a vécues alors : ce fut d'abord un chagrin immense, un sentiment d'abandon par sa mère qui venait de mourir et par son père qui ne pouvait plus assumer sa présence ; puis cette impression avait évolué grâce à l'attention de Gaëlle et de Solange. Petit à petit elle avait retrouvé goût à la vie, elle avait soigné ses blessures.

Après avoir salué les invités Solange ouvre la porte et là tout le monde est bouche bée.

– Tu as tout refait ? Lui dit André.

– Oui, quand j'ai vu les travaux que vous aviez réalisés chez vous j'ai eu envie de tout casser ; elle montre la cuisine et la salle à manger réunies et repeintes dans des couleurs éclatantes comme son caractère. Maintenant, quand je cuisine je suis avec mes convives. Aujourd'hui nous passons plus de temps à la maison tous ensemble et je veux profiter de chaque instant avec eux.

– C'est très réussi, tu as bien fait, lui dit Clara. Tu as fait d'autres travaux ?

– Non, ma foi, les autres pièces resteront comme elles sont. Ces aménagements nous ont épuisés avec Bruno. J'aimerais aussi repeindre les chambres mais cela attendra.

Elle les conduit dans le salon où elle a dressé l'apéritif. En attendant l'arrivée de Gaëlle et Cédric, elle sert des boissons fraîches à tout le monde.

– Je suis tellement contente de vous voir. Vous devez apprécier votre maison après ces mois de travail ! J'ai prévu une rencontre avec nos amis sur la plage comme l'année passée. Ils sont tous d'accord.

– Super, cette fois-ci il y aura Clara, il se tourne vers elle. Je vais te présenter à tous mes amis.

– Bon, j'espère que je ferai l'unanimité ! Vous me mettez une pression terrible !

– Bien sûr qu'ils vont t'aimer, répond Solange. Ils vont même t'adorer.

Elle lève son verre et dit :

– Aux vacances qui commencent !

Tout le monde la suit en levant leur verre et les conversations fusent. Le bruit d'un moteur annonce l'arrivée des fiancés. Ils sont particulièrement radieux ce soir. Ils se joignent à eux pour l'apéritif. Les jeunes se réunissent au fond de la pièce laissant leurs parents discuter entre eux. Ils ont tous tellement de choses à se dire. Cette année a réservé pas mal de surprises mais apparemment ce n'est pas fini. Gaëlle semble préoccupée, elle est silencieuse. Louise qui la connaît bien le voit. *Je lui parlerai tout à l'heure*, pense-t-elle, mais soudain, sous l'œil complice de Cédric, Gaëlle se lève. Elle prend la parole d'une voix mal assurée, ce qui n'est pas son habitude.

– J'ai quelque chose à vous annoncer.

Gaëlle a parlé un peu fort pour que ses parents entendent. Tout le monde se tait, attentif. Sa mère est inquiète, elle voit elle aussi le malaise de sa fille. Que se passe-t-il ?

– Voilà... c'est officiel... j'attends un bébé, j'en ai eu

la confirmation aujourd'hui. C'est tout récent mais je tenais à vous le dire.

Ah c'est donc ça ! Solange est rassurée. *Bon, ils ne sont pas encore mariés mais aujourd'hui quelle importance, du moment qu'ils s'aiment.*

Il s'en suit un tonnerre de félicitations et de recommandations que Gaëlle et Cédric accueillent en souriant. Gaëlle souffle enfin, elle appréhendait la réaction de ses parents mais elle les a regardés en parlant et elle a vu leur mine réjouie à l'annonce du bébé.

Louise regarde Gaëlle : *elle est si belle. La maternité lui va bien*, pense-t-elle. Les convives repartent alors dans des conversations où, cette fois-ci, le futur bébé est au cœur des préoccupations.

Solange pense que sa fille est encore bien jeune, elle a dix-huit ans, quand le bébé naîtra elle en aura dix-neuf et Cédric guère mieux. *Mais qu'importe, ils sont heureux et on sera là pour les épauler en cas de besoin* pense-t-elle.

– Nous allons devoir déménager, le studio sera trop petit. Nous pensons acquérir une petite maison avec jardin, si la banque veut bien nous prêter l'argent ; nous sommes jeunes, vont-ils nous faire confiance ? Si l'on se base sur nos revenus le conseiller nous a indiqué le montant que l'on pourrait emprunter. D'après lui, il n'y aurait pas de problème, mais tant que je n'aurai pas l'accord signé, j'aurai un doute. Alors on verra ! On lance notre projet d'acquisition.

– C'est une grande décision pour vous, je ne doute pas que votre dossier va aboutir et que vous allez trouver, répond Solange. J'ai eu connaissance de quelque chose qui pourrait peut-être vous intéresser. Il faut voir… je vais demander plus de précisions à l'épicière.

Cédric a également mis ses parents au courant, ils sont très heureux. Sa maman attendait cela avec impatience mais peut-être pas aussi tôt, leur fils est jeune et il va endosser une nouvelle responsabilité. Ce n'est pas toujours facile d'être parents, néanmoins, c'est le plus beau métier du monde et eux aussi seront là pour les seconder. Ils sont encore actifs et se rendront disponibles pour leur petit enfant. Sa maman a hâte de tenir ce petit bébé dans ses bras et de retrouver les belles sensations qu'elle avait quand elle berçait Cédric. C'est encore mieux a-t-elle pensé, *je n'aurai que le plaisir. Je laisserai les contraintes aux parents.*

La soirée est bien avancée quand Gaëlle montre des signes de fatigue. Avec Cédric, ils se retirent les premiers. Solange fixe un rendez-vous à Clara et André pour le samedi soir sur la plage.

– Je vais proposer à Alain, mon patron, de se joindre à nous, il a besoin de se changer les idées.

– Pourquoi pas ? Tu penses que l'ambiance lui plaira ? C'est très simple, pas d'assiettes ni de couverts, précise-t-elle en souriant.

– Oui, au contraire, je suis certaine qu'il sera vite à l'aise parmi nous.

Puis elle précise qu'elle s'occupera des crêpes et les hommes ont déjà prévu les bières. Une bonne fête en perspective ; même si les conversations sont devenues moins légères qu'à leur adolescence, ils ont plaisir à se retrouver comme autrefois.

13

Alain est arrivé la veille, tard dans la soirée. Ce matin André lui a demandé de le rejoindre sur le port ; Alain aurait préféré prendre le temps de s'installer mais André a insisté. *Tant pis, je le ferai cette après-midi*, pense-t-il. Il cherche dans ses valises des vêtements confortables et se dirige vers le point de rendez-vous. André ne lui a pas donné de détails. En chemin il flâne un peu, hier il faisait nuit quand il a parcouru la même route. Les paysages lui plaisent et l'air iodé le revivifie.

André l'attend sur le port, il pense que l'apprentissage de la navigation lui changera les idées et il ne veut pas perdre de temps. Un mois passe vite ; le bateau fait partie du programme chargé qu'il lui a concocté.

C'est tout naturellement qu'il a pensé à Papi Pierrot. Qui mieux que lui, saura lui transmettre le goût des sorties en mer ? Il est tellement passionné ! On l'appelle le loup de l'océan, ce n'est pas pour rien ! C'est le meilleur Capitaine du coin.

Quand Alain arrive, André lui propose une sortie en bateau.

– Je veux te présenter quelqu'un, c'est un très bon navigateur. Nous allons faire une virée en mer. Cela te convient-il ?

– Oui, j'ai déjà pris le bateau pour faire des traversées d'un point à un autre, mais là c'est différent, j'adore ! Rencontrer un professionnel de la navigation m'intéresse beaucoup.

– Nous avons rendez-vous avec Papi Pierrot qui est déjà là.

André le désigne au loin, il prépare le bateau. Ils le rejoignent rapidement; André salue papi Pierrot et le présente à Alain. Ils font connaissance et conversent un moment puis, papi Pierrot les invite à monter sur son voilier.

– C'est un beau temps pour naviguer aujourd'hui. Vous êtes le papa de Lola ?

– Oui vous la connaissez ? Demande Alain surpris.

– Nous avons fait connaissance l'année passée. C'est une jeune fille sensible et très intelligente.

– Oui, avec sa mère nous sommes fiers de son parcours. Et puis, nous n'avons qu'elle ! Et, elle a grandi trop vite, je n'ai pas vu le temps passé ; aujourd'hui elle a décidé de vivre sa vie. C'est un grand choc pour nous, mais surtout pour moi. Je pense qu'un père noue avec sa fille une relation particulière, quand la séparation arrive c'est toujours très douloureux pour le papa. Et là, je suis confronté à cette expérience désagréable, je ne trouve plus ma place auprès d'elle. Notre maison est devenue trop grande maintenant.

André l'écoute se confier pour la première fois à quelqu'un, c'est un bon début, il en avait besoin. Il répond tout naturellement :

– J'ai vécu la même chose avec Louise quand elle a rencontré Maxime. Je ne voyais pas du tout ce garçon d'un bon œil jusqu'à notre rencontre. Je l'ai trouvé très sympathique et depuis je considère que j'ai deux enfants. Mais à cette même période, je m'étais aussi rapproché de Clara. Mon mal-être avait été atténué par sa présence.

Papi Pierrot prend à son tour la parole :

– Il faut laisser faire le temps, je pense qu'il faut vous tourner vers une nouvelle activité qui vous changera les idées. Pendant un mois vous pourrez en essayer plusieurs, ce n'est pas ce qui manque ici !

C'est exactement ce que souhaite André, le faire à nouveau vibrer pour quelque chose et ainsi redonner un sens à sa vie.

Ils s'éloignent de la côte, l'océan est calme, propice

à l'apprentissage de la navigation. Alain observe papi Pierrot et très vite il cherche à se rendre utile ; il lui pose des tas de questions.

Pour le moment il est très réactif, il écoute et participe aux manœuvres, je le retrouve, pense André. Ces vacances seront sûrement très bénéfiques pour lui. Il se met en retrait et les laisse tous les deux faire plus ample connaissance pendant que lui admire le paysage. Pour la première fois depuis des semaines il le voit sourire.

Papi Pierrot lui apprend à barrer, Alain saisit la barre à roue et dirige le bateau. Il passe à la vitesse supérieure sous l'œil attentif du capitaine. Après une bonne demi-heure André se rapproche et de nouveau se mêle à leur conversation.

– Tu m'as l'air très doué ? Tu avais déjà navigué ?

– Non, c'est nouveau pour moi, mais j'aime cette sensation de liberté que cela me procure.

– C'est exactement ça, répond papi Pierrot. En mer on est seul sur son bateau avec l'eau comme unique compagnie. Parfois, on se sent le roi du monde et, parfois bien petit quand les éléments se déchaînent. Mais aujourd'hui pas de problème on peut manœuvrer en toute tranquillité.

Après deux heures de navigation ils reviennent au port pour le repas. Ils ont passé un excellent moment. Alain est ravi et cela se voit, il a récupéré sa vigueur ; pendant la traversée, il a même pris des initiatives sous le regard amusé d'André.

– Vous feriez un excellent capitaine, dit papi Pierrot.

– Ne me tentez pas, je pourrais vous croire.

Il éclate de rire, mais c'est vrai que cette balade lui a vraiment apporté un bien-être et peut-être un nouveau challenge qui lui manque cruellement. *Je pourrais profiter de mes vacances pour prendre des leçons*, pense-t-il.

– Est-ce que vous donnez des cours ? J'en prendrais bien quelques-uns avec vous si vous êtes d'accord ?

– Non, je ne suis pas instructeur, mais ce sera un plaisir de vous faire partager mes connaissances.

Papi Pierrot se tourne vers André.

– D'ailleurs à propos de transmissions, j'ai navigué plusieurs fois avec Louise. Elle aussi est particulièrement douée, elle apprendra facilement.

– Je ne savais pas, elle ne m'en a pas parlé. Comment ça va tous les deux ? Vous avez pu parler ? J'ai été un peu brutal pour lui apprendre que tu es son grand-père mais la communication n'a jamais été mon fort, dit André.

Devant l'air interrogatif d'Alain, André le met brièvement au courant des évènements : ce passé qui ressurgit après toutes ces années et qui a plusieurs conséquences sur leurs vies ; une joie mêlée de peine, un sentiment bizarre d'impuissance, d'arriver trop tard pour Annie, et un bouleversement pour Louise qui ne s'attendait pas à ça.

Elle aura un chemin à faire, il peut seulement l'accompagner dans cette démarche.

– Quelle histoire ! Il était temps que ces lettres soient retrouvées ! Louise doit être vraiment contente d'avoir un Papi rien que pour elle.

– Oui aujourd'hui elle commence à accepter l'idée, mais on a pas mal de temps à rattraper et je suis heureux de partager avec elle ma passion de l'océan.

A l'heure de se séparer André parle à Alain de la soirée organisée par Solange, le samedi, il l'invite à se joindre à eux et celui-ci accepte. Néanmoins Alain est un peu dubitatif, il ne connaît personne, à part Clara et André, mais heureusement il y aura Julie, elle sera arrivée.

– Julie sera là aussi, elle arrive vendredi.

– Parfait, plus on est de fous et plus on rit n'est-ce-pas ?

– Comment ça se passe ? Tout le monde apporte quelque chose ?

– En principe les hommes se chargent des boissons et les femmes des gourmandises. Mais ne t'inquiète pas, ma sœur Solange prévoit toujours trop !

– D'accord, merci beaucoup, à demain.

14

Le lendemain, Alain va faire une visite à sa fille, cela fait deux jours qu'elle est arrivée, il veut voir si elle est bien installée. Il a toujours peur qu'il lui manque quelque chose et éprouve un besoin irrépressible de la protéger. Il a décidé de lui faire la surprise et de s'y rendre pour le petit déjeuner. Il s'arrête à la boulangerie pour prendre des croissants et des pains au chocolat et se dirige à l'adresse indiquée par Lola. Il sait qu'elle a réservé le gîte avec Hélène, une amie qu'elle connaît depuis peu.

Il a loué un vélo et prend la route qui longe la côte. Il est saisi par la beauté du paysage. Il commence à comprendre pourquoi André veut s'y installer pour sa retraite. Il s'arrête un instant pour admirer un point particulièrement ravissant sous la lumière du matin. La mer est calme. Il repense à sa balade en bateau avec Papi Pierrot. Quelle belle expérience !

Mais des tas de pensées négatives l'envahissent à nouveau, le replongeant dans un état de tristesse quand soudain le cri rauque des mouettes le sort de ses pensées. Il se remet en selle et continue lentement jusqu'au gîte. Il arrive devant une imposante étendue de genêts épineux en fleurs et ne peut s'empêcher de penser à Julie et aux magnifiques tableaux qu'elle pourra faire ici.

Enfin le dernier virage, d'ici on aperçoit la cour. Il voit Lola qui sort humer l'air iodé, il va lui faire un signe quand soudain Hélène la rejoint et l'enlace, *un peu trop fort pour de l'amitié* pense-t-il. *Ce pourrait-il que ?* Lola se retourne alors vers Hélène et elles s'embrassent, un doux baiser matinal comme le font des amoureux.

Alain s'éclipse ; il est interloqué, un instant désarçonné. Pourquoi Lola ne lui a rien dit. Ils n'avaient aucun secret l'un pour l'autre. A-t-elle eu peur de son jugement ? Sûrement. C'est vrai que c'est inattendu, toutes ses précédentes relations étaient des hommes. C'est perturbant, je suis désorienté, j'avais déjà imaginé son mariage avec un jeune homme et plus tard des enfants. Pour moi c'est une sacrée surprise, mais pour mes parents ! C'est une autre histoire ! Je les imagine déjà. Je vais devoir subir leurs reproches et supporter leur mécontentement. Pour eux, c'est inconcevable, le mariage est mixte, pourront-ils changer d'avis pour le bonheur de leur petite-fille ?

Je vais devoir affronter la foudre mais pour l'heure, je refuse l'hypothèse de perdre ma fille. Elle passe avant tout et tout le monde. Elle aime les filles et alors ? Je vais lui faire voir que je ne suis pas incapable de comprendre. Lola sait à quel point je suis ouvert d'esprit, elle ne doit pas penser que je verrais une objection à son bonheur avec qui que ce soit.

Pour se reprendre, il décide d'appeler Julie. Elle décroche immédiatement.

– Allo, comment vas-tu ? Ta journée a bien démarré ?

– J'arrive de chez Lola, je voulais lui faire une surprise !

Il s'en suit un court silence. Alain comprend aussitôt que sa femme est au courant.

– Vous avez parlé ? Demande Julie.

– Non je l'ai aperçue de loin avec Hélène, elles étaient très... trop... proches. Tu le savais ?

– Oui, depuis peu. Mais j'aurais dû m'en douter. Elle était transformée ces derniers temps quand elle venait à la maison avec Hélène. Elle me l'a appris juste avant son départ. Elle souhaitait t'en parler là-bas. Tu l'as prise de court. J'ai été surprise... toi aussi ?

– Oui, bien sûr. Jusqu'à présent elle avait toujours fréquenté des hommes mais c'est vrai que moi aussi je l'avais trouvé changée. Voilà peut-être pourquoi elle a préféré avoir un logement indépendant cette année. Que faire maintenant ? Puisque je le sais, inutile de lui faire croire le contraire. Et puis zut, je fais demi-tour. Je ne vais pas manger tous ces croissants tout seul, n'est-ce pas ?

– Tu as raison, de plus elle sera soulagée, elle attend que ça, t'en parler et que tu l'acceptes. Ta parole a toujours beaucoup compté pour Lola.

– Merci Julie, j'y retourne. Tu as terminé de ton côté ? Tu me rejoins bientôt ?

– Oui, plus qu'une commande à envoyer et je fais mes valises. Embrasse les filles pour moi.

– A propos, nous sommes invités à une soirée par André, sur la plage, au coucher du soleil. Prévois une petite laine.

Alain raccroche et fait demi-tour, il arrive devant la cour. Les filles sont assises sur la terrasse devant un café.

– Bonjour, quelle bonne odeur, j'apporte les croissants. Vous avez faim ?

– Papa ! Je ne t'attendais pas. Tu veux boire quelque chose : Café, jus d'orange ?

– Oui pourquoi pas, un grand café.

Hélène se lève et part dans la cuisine le préparer.

– Elle est très gentille ton amie !

– Oui, elle est exceptionnelle. En fait... il faut que je te dise, j'attendais le bon moment...Hélène c'est... en fait Hélène est...

– Tu penses qu'il faut un bon moment pour annoncer à son père que l'on a trouvé l'amour de sa vie ?

Lola reste bouche bée. Comment a-t-il su ? Sa mère ? Elle lui avait promis de ne rien dire.

– Mais tu savais ?

– Depuis quinze minutes seulement, je vous ai vues tout à l'heure. J'avoue que j'ai fait demi-tour et puis je me suis dit que les croissants étaient un bon prétexte pour connaître mieux ma future belle-fille. Parce que c'est sérieux n'est-ce pas ? Je ne t'ai jamais vue aussi épanouie.

– Oui, chaque jour qui passe me le confirme. Je ne pourrai jamais me passer d'elle.

– Je comprends, en amour on ne choisit pas. Ça nous tombe dessus, le principal c'est de trouver la bonne personne. Eh bien ! On se les mange ces croissants ? Au même moment Hélène arrive avec un bol et Alain leur fait un clin d'œil.

Avant de repartir il lance :

– Tu auras quand même du temps à passer avec ton vieux père ? Si Hélène le permet ?

– Absolument, répond Hélène. Vous serez toujours le bienvenu.

Lola soupire de soulagement ; elle est enfin libérée de ce poids, maintenant ses proches sont au courant. Elle va pouvoir vivre pleinement son histoire d'amour avec Hélène mais, elle n'imagine pas une minute la réaction de ses grands-parents et tous les arguments que son père devra avancer pour qu'Hélène trouve grâce à leurs yeux.

15

Les vacances commencent merveilleusement bien pour Julie. Elle est arrivée sous le soleil et a posé ses valises pour trois semaines. Elle savoure déjà ce break, elle en avait besoin. Depuis que son assistante l'a quittée pour ouvrir sa propre galerie, elle ne fait que courir, pas une minute pour elle.

Sa passion la dévore, lui laisse peu de temps, mais ici elle va essayer d'oublier son travail et de profiter de ses congés avec Alain.

Le samedi soir, ils vont rejoindre les amis d'André sur la plage. Quelle bonne idée cette soirée ! Ils ne le savent pas encore mais elle sera mémorable pour eux.

Julie et André font rapidement connaissance avec Solange, Bruno et leurs amis. Ils sont vite mis à l'aise par cette bande de copains. Julie qui n'a pas l'habitude de boire, est légèrement grisée par la bière et le cidre qui circulent à flot. Elle en consomme beaucoup trop, mais impossible d'y déroger, tout le monde lui offre à boire et elle n'ose pas refuser.

Les effets de l'alcool sur Julie sont surprenants, elle se détend, commence à chanter, danse au rythme de la musique qui fuse d'un poste-radio. Alain la regarde se déhancher, il se lève et la rejoint, ils s'amusent de leurs pas qui se dérobent sous le sable et s'en donnent à cœur joie dans ce ballet maladroit. Ils se dirigent tous les deux près du feu de bois et la douce lumière des flammes éclaire le visage de Julie. Alain la contemple et Julie répond à ce beau regard, toujours aussi séduite qu'au début de leur histoire; elle se fait câline et un brin, aguicheuse…Il l'enlace et il profite d'un slow pour se rapprocher un peu plus. Ils retrouvent leur insouciance d'adolescents et, petit à petit, Alain se reconnecte avec sa femme. Il s'est lui aussi, décontracté ; ils enchaînent les danses et Alain devient plus entreprenant. Julie l'éblouit, il la redécouvre. Il prend conscience qu'ils s'étaient éloignés. Il se rappelle leurs plus belles années. Celles des voyages et de la fête avec les amis. Il veut retrouver la femme qui l'a séduite et avec laquelle il a construit sa vie.

Il réalise qu'elle est devenue trop sage pour lui, trop raisonnable. Il doit absolument lui parler. Son couple va à vau-l'eau. Cette soirée est une révélation pour lui. Il comprend que Julie lui manque et avec le départ de Lola, il n'a plus rien à se raccrocher. Toutes ces carences l'ont précipité dans cet état léthargique. Ces vacances sont éloquentes pour lui, mais va-t-il arriver à convaincre Julie de faire machine arrière, de mettre un frein à son activité et revenir vers lui ? L'aime-t-elle suffisamment ?

Il lui apporte une dernière crêpe et se lance :

– Je te trouve particulièrement belle ce soir.

– Merci, il y a longtemps que je ne m'étais pas amusée comme ça. Les cocktails à la galerie sont nettement moins festifs et les quelques soirées que nous faisons à la maison moins détendues ; nous avons une retenue dans nos attitudes maintenant. Peut-être pour être crédibles auprès de nos clients ?

– Sûrement mais cette Julie me manque. J'ai besoin de te retrouver.

– Mais, tu ne m'as pas perdue !

– Si, cette soirée est significative, elle a mis le doigt sur ce qui me manque. Notre spontanéité, notre gaieté. Je me suis raccroché à Lola mais elle part, elle va faire sa vie et il ne reste que nous deux. Je veux sauver notre couple, si tu es d'accord. Tu m'aimes toujours ?

Julie comprend alors la souffrance d'Alain. Elle ne s'est aperçue de rien. Avec cette employée qui est partie elle n'a plus personne pour la seconder ; elle est complètement absorbée par son travail; mais malheureusement, c'est difficile de remplacer une adjointe de confiance et pour le moment elle n'a pas retrouvé la personne idéale.

– Je suis tellement désolée, je n'ai rien vu. Bien sûr que je t'aime. Tu es toute ma vie. Il est hors de question que je te perde. Sans toi la vie n'a aucun sens. A la rentrée je te promets de chercher quelqu'un pour m'aider afin d'avoir à nouveau un peu de liberté.

– Je suis tellement content de te retrouver enfin.

Il l'enlace et l'embrasse, un long et doux baiser, promesse d'un nouveau départ. A ce moment-là plus rien ne compte pour eux.

– Je te laisserai le soin d'organiser nos sorties, tu sais si bien le faire ! Je suis contente de ces vacances en Bretagne. Elles vont nous permettre de repartir sur de bonnes bases.

– Oui, aujourd'hui j'en suis sûr. Il s'en est fallu de peu. Je plongeais dans le désespoir, sans comprendre ce qui m'arrivait.

Ils sont rentrés, main dans la main, et la porte à peine

refermée ils ont fait l'amour sur le canapé du salon avec passion, sauvagement, comme il ne l'avait pas fait depuis longtemps. Puis épuisés et heureux ils se sont couchés. Julie a posé sa tête sur l'épaule d'Alain et ils ont sombré rapidement dans un sommeil profond.

Le lendemain Alain se lève discrètement pour son cours de navigation. Comme prévu tous les matins, il prend ses leçons avec Papi Pierrot, il est très assidu comme dans tout ce qu'il entreprend.

La discussion de la veille lui a donné une idée pour lui et Julie, mais pour le moment il n'est pas prêt, il lui reste des tas de choses à apprendre. Il a enfin trouvé un projet qui le porte, Papi Pierrot avait raison, il avait besoin de se lancer un nouveau challenge. Il doit absolument emmener Julie à l'un de ses cours pour voir si elle aussi aime se retrouver au milieu de l'océan sans personne autour. A son retour il lui parlera. Pour le moment elle dort, un sommeil réparateur après tous ces excès et ces émotions !

Il rejoint Papi Pierrot et décide de lui en toucher deux mots :

– Je souhaiterais amener ma femme, Julie, demain serais-tu d'accord ?

– Bien sûr.

– J'aimerais voir si elle ressent le même plaisir que moi. Je sais qu'elle a le pied marin, nous avons déjà fait du bateau. Mais si elle aime la navigation je pourrais acquérir un petit voilier quand tu me jugeras prêt. Tu me conseilleras ?

– Evidemment, si tel est le cas nous allons passer à la vitesse supérieure. Si tu dois passer le permis tu auras deux épreuves : une théorique et une pratique ; je commence à te connaître un peu et je suis persuadé que tu vas te tourner vers un bateau qui dépassera les 4,5 kilowatts. Savoir barrer ne suffit pas, si ta femme est d'accord je te formerais avec un collègue dans ce sens.

16

Louise a souvent téléphoné à Mamie Arlette pour prendre de ses nouvelles et lui parler de ses vacances. Elle échangeait avec elle ses joies et lui racontait ses journées. Elle lui a même confié le secret qu'elle a appris le jour de son arrivée. Mamie Arlette l'écoutait toujours avec grand plaisir, lui disant à quel point elle était contente pour elle, mais ne disait rien de particulier sur ses journées.

– La routine, mon petit tour au marché, et mon petit restaurant à midi.

Louise était rassurée par ses réponses.

Mais ce matin elle a reçu un coup de téléphone. Mamie Arlette a dû faire un petit séjour à l'hôpital, elle est tombée. Louise est inquiète car elle a oublié les circonstances de sa chute. Mamie Arlette sent que Louise est préoccupée et elle s'empresse de la rassurer.

– Ne te tourmente pas, cela va beaucoup mieux maintenant. Par précaution, le docteur m'a préconisé le port d'un bracelet. Si je chute à nouveau, un signal automatique sera envoyé à un service qui pourra me contacter et réagir rapidement si j'ai un problème.

Malgré tout, Louise est à moitié convaincue, elle lui promet de continuer de la rappeler toutes les semaines pour prendre de ses nouvelles. Puis elle raccroche et s'empresse de parler de ses inquiétudes à Clara :

– Mamie Arlette est tombée la semaine passée.

– Ah bon, elle a trébuché ?

– Elle ne sait pas, pire, elle ne se rappelle pas, c'est bien ça qui me tracasse.

– Malheureusement cela arrive souvent aux personnes âgées. Il suffit qu'elle se soit levée un peu vite ! Mais cela peut être aussi un petit AVC[1]. Que lui a dit le médecin à l'hôpital ?

– Je ne sais pas trop, maintenant elle porte un bracelet.

– Tu sais, elle prend de l'âge et elle est seule, ce n'est pas facile, c'est déjà bien, elle a pu rester chez elle toutes ces années et dernièrement un peu grâce à toi. Mine de rien, tu la soulages beaucoup quand tu y es. Tu la rassures aussi, ce n'est pas simple d'être isolée dans une grande maison.

– Oui je le réalise aujourd'hui. Sa famille est loin. Ses

---
1   AVC : arrêt vasculaire cérébral

neveux lui rendent souvent visite mais ils ne sont pas sur place. Aucun d'eux ne peut venir régulièrement la voir.

– Elle doit s'attendre un jour à quitter sa maison pour intégrer un établissement spécialisé. Je suis sûre qu'elle y pense déjà.

– Sans doute mais elle pourra encore vivre une année tranquille. Je veillerai sur elle l'année prochaine. Merci Clara, je suis un peu réconfortée. Je pars voir les filles, j'ai besoin de me changer les idées.

Elle remonte dans sa chambre et demande à Maxime s'il veut venir avec elle, puis elle téléphone à Gaëlle pour lui annoncer sa visite. Une fois arrivée elle appelle Lola. Ils décident tous de se retrouver au café du coin. Ils seront tous les six pour la première fois depuis les vacances. En deux minutes le bar est très animé. Tous parlent en même temps.

Hélène fait connaissance avec les amis de Lola, puis Louise met ses copains au courant de sa crainte.

– J'ai reçu un message aujourd'hui de Mamie Arlette. Je suis inquiète. Depuis que je suis partie elle est seule la plupart du temps, je me demande ce qu'elle va devenir quand j'aurai terminé mon cursus.

– Tu ne pourras malheureusement pas faire grand-chose, lui répond Lola.

Gaëlle veut remonter le moral à Louise, elle demande discrètement des conseils à Cédric.

– J'ai une idée : Et si on louait un catamaran demain pour la journée. Qui est d'accord ?

Tous s'empressent d'acquiescer et c'est une Lola surexcitée qui s'exclame :

– Enfin ! Un peu d'aventure !

Le reste de la conversation porte sur l'organisation de la sortie. Ils se partagent en deux groupes : les uns vont se charger des emplettes pour le pique-nique et les autres partent faire le tour des agences de location de bateau. Après une heure de tergiversation leur dévolu s'arrête sur un superbe catamaran. Cédric a son permis de bateau et une grande expérience. Le loueur le connaît, il lui fait confiance. La transaction enfin terminée, ils décident d'aller se rafraîchir à la plage.

Les deux groupes se rejoignent peu de temps après. Nous avons apporté la crème solaire dit Gaëlle en riant. Hélène ne comprend pas leur fou rire, alors Lola lui raconte leur fameux déboire, un jour au bord du lac dans le Béarn où, Lola avait fini rouge écrevisse et Gaëlle blanche comme un linge.

La journée se passe en douceur au bord de l'océan et s'éternise dans la soirée jusqu'à un coucher de soleil magnifique en cette saison. Puis la fatigue les gagne, ils se disent au revoir et se donnent rendez-vous devant le catamaran pour neuf heures le lendemain.

17

Ce matin, Julie accompagne Alain sur le bateau. Elle fait connaissance avec Papi Pierrot qu'elle trouve très sympathique. Comme elle pensait s'ennuyer, elle a apporté un bloc à dessin et un fusain noir pour faire des esquisses pendant qu'Alain prendra son cours.

Elle s'installe confortablement et du coin de l'œil elle l'observe, il est radieux. Son teint hâlé le rend très séduisant. Les deux hommes s'entendent à merveille, ils parlent mécanique, vents, marées. Chacun à leur tour, ils manœuvrent le voilier. Ils en oublient sa présence ; Pendant ce temps, elle admire le paysage, écoute les vagues qui viennent se briser sur la coque, se laisse porter par le balancement du bateau et, pendant un court instant, elle s'assoupit. Elle est heureuse, rares sont les moments où elle lâche prise, cela lui fait un bien fou. De temps en temps, Alain lance un regard de son côté pour vérifier si tout va bien, elle y répond plus longuement que d'habitude. Dans ces brefs instants ils retrouvent leur complicité amoureuse. Ils sont pris d'un besoin de se rapprocher et s'embrasser mais la présence de Papi Pierrot leur enjoint une certaine retenue.

Une heure plus tard, ils s'approchent du port ; la promenade est terminée, Alain va bientôt savoir si Julie l'a appréciée. Après avoir abordé ils saluent Papi Pierrot. Celui-ci se tourne vers Alain en souriant :

– A demain, même heure ?

Alain acquiesce. Il est d'humeur joyeuse, sur le chemin du retour il regarde Julie et lui dit :

– J'éprouve beaucoup de plaisir à naviguer, j'ai envie de passer mon permis bateau. Tu en dis quoi ?

– Pourquoi pas ! Si cela te plaît. Tu as parfaitement raison. En plus je t'ai trouvé déjà très à l'aise.

– Si je réussis nous pourrions nous échapper quelques jours par-ci par-là quand le temps sera clément ?

Julie sent que sa réponse est importante pour la suite de leur relation. Ils viennent de se retrouver et elle ne veut surtout pas qu'il sente une réticence dans sa réponse.

Pourtant elle se pose quand même pas mal d'interrogations. La mer est dangereuse parfois, est-ce qu'Alain pourra faire face à une tempête même en cas de vents moyens ? Elle ne laisse rien paraître et avec un grand sourire elle lui répond qu'elle sera très heureuse de partir avec lui sur l'océan.

– Du moment que nous sommes ensemble, j'irai n'importe où.

– C'est la réponse que j'attendais, j'aurais été très déçu si tu m'avais répondu non. Papi Pierrot va me former, je vais devenir un vrai capitaine. Il ne laisse rien au hasard. Il est parfait. Ensuite il m'aidera à choisir un bateau. Cela nous changera de notre maison qui est devenue trop grande pour nous deux.

– Pour le moment, elle est grande, mais attend quelques temps, tes petits enfants auront vite fait de lui redonner vie.

C'est vrai, il n'avait pas pensé aux petits enfants. Mais à la cinquantaine son rôle de Papi se rapproche. Julie a toujours les mots qu'il faut pour le réconforter.

Le lendemain Alain confirme à Papi Pierrot que Julie est partante.

– Très bien, alors nous allons accélérer la formation. Tu feras la pratique le matin avec moi et, cet après-midi je tiens à te présenter un de mes collègues. Il va t'initier au vocabulaire technique de la navigation : Les marées, les vents, la météo, bref toutes sortes de méthodes qu'un vrai capitaine doit connaître avant de prendre la mer.

– D'accord, avec plaisir.

Alain prend son futur rôle très au sérieux. Il achète les ouvrages que son formateur lui a conseillés, ils sont très instructifs et pendant qu'il se plonge dedans Julie décide d'aller peindre l'océan et ses alentours. Il y a trop longtemps qu'elle n'a pas posé son chevalet à l'extérieur.

Elle est seule. Un vrai bonheur pour une artiste qui a besoin de ces moments de solitude pour la création. Le vent lui caresse le visage, elle entend au loin une mouette rieuse qui tourne autour de l'eau. Elle se met dans sa bulle et tout en étant consciente des éléments qui l'entourent, elle laisse aller son pinceau sur la toile. Elle retrouve des sensations qu'elle avait oubliées. Peindre au milieu de la nature est une grande source d'inspiration pour elle ; il y a le lieu et le décor qu'elle choisit de figer sur la toile mais, aussi tous les bruits qui l'entourent : les vagues, le vent, les oiseaux, le cri des enfants qui jouent au loin sur la plage ; tous les ingrédients réunis qui promettent à Julie de faire de sublimes tableaux qu'elle pourra accrocher dans la galerie à son retour.

Alain a fermé son livre, il la rejoint. Elle est tellement concentrée sur son travail qu'elle ne l'a pas entendu. Il reste derrière elle ; il admire beaucoup sa femme. Il découvre ce paysage qui se dessine sous son pinceau. C'est magnifique ! Il se fait discret, silencieux il la regarde peindre en s'installant sur une pierre de granit. Julie termine le dessin d'un voilier, elle semble satisfaite. Elle pose la main sur son ventre, la faim se fait sentir, il est temps d'aller se sustenter. Elle se lève, commence à plier ses affaires et aperçoit Alain qui la dévisage des yeux. Elle entrevoit tant d'amour dans son regard. Il l'aide à porter ses affaires et ils rejoignent le gîte.

Elle range délicatement sa toile puis se tourne vers Alain qui l'enlace, enfin ; depuis ce matin il n'a qu'une envie faire l'amour à sa femme. Elle se laisse aller dans ses bras. Elle est envahie par une douce chaleur. Les mains empressées d'Alain courent sur son corps, remontent le long de ses jambes ; il la caresse et insiste sur son triangle d'or, elle tressaute de plaisir sous ses doigts expérimentés, puis il enjambe son corps et la prend pendant qu'elle plante ses ongles dans son dos avec un petit cri. Ils s'abandonnent, unis comme aux premiers jours, ils ont à nouveau trente ans. Ils se regardent presque étonnés de ce qui vient de se passer. Ils restent ainsi sans bouger, de peur de briser la magie qui vient de s'opérer.

Alain ne remerciera jamais assez André de l'avoir invité pour ces vacances. Il se sent revivre, et son couple renaît au fil des jours.

18

Les jeunes se sont retrouvés comme prévu sur le port devant le catamaran. En bon capitaine, Cédric a vérifié la météo avant de partir, la journée s'annonce très calme. Ils chargent les victuailles pour le repas de midi, Cédric a prévu d'accoster sur une crique peu connue, loin de l'agitation touristique. Ils pourront pique-niquer sur une petite plage à l'abri des regards. Ils sont venus en tenue légère, il va faire très chaud ; Lola porte un short rouge en coton très court qui accentue la longueur de ses jambes ; Cédric et Maxime ne peuvent s'empêcher de lorgner sur ses courbes parfaites. Hélène, qui s'en aperçoit, enlace sa chérie, elle les regarde avec un regard malicieux qui leur dit chasse gardée. Les choses sont claires.

– Vous êtes prêts ? Demande Cédric, j'ai besoin de quelqu'un pour m'aider.

Maxime et Lola se proposent immédiatement. Ils lâchent les amarres et appareillent. Cédric et Maxime hissent la voile. Louise dirige le bateau vers la sortie du port. Grâce aux conseils de Papi Pierrot elle a acquis quelques bases qui pourront servir. Puis elle laisse sa place à Cédric qui profite du vent pour prendre de la vitesse.

Louise, Lola et Gaëlle s'empressent de sortir leurs téléphones portables et prennent des selfies, elles veulent de bons souvenirs qu'elles pourront afficher chez elles après les vacances.

Hélène, quant à elle, a pris un bouquin sur l'art et s'installe confortablement sur le trampoline du catamaran. Lola la rejoint, fait une photo et lui pose une casquette sur la tête. Le soleil va taper fort aujourd'hui, puis elle se met en maillot de bain deux pièces et se fait bronzer. Les autres l'imitent et s'installent sur les bancs à l'arrière pour profiter de la vue. Les flotteurs glissent sur l'eau en douceur, sans bruit. De temps en temps, la voile claque dans le vent.

Tout serait parfait s'il n'y avait pas ces bateaux plus puissants qui les doublent, un peu trop vite, et provoquent parfois de grosses vagues qui les obligent à s'accrocher. Hélène doit protéger son ouvrage qui se retrouve mouillé par l'eau. Elle peste contre les touristes qui dirigent ces engins puissants, et les frôlent sans aucun respect.

Au bout d'une demi-heure ils sont en pleine mer, l'océan est plus agité. Soudain, un énorme thon saute non loin du bateau. Ils s'exclament et surveillent le point de sortie du poisson, l'appareil photo prêt pour fixer une nouvelle apparition, mais il ne revient pas il est parti. Quel dommage ! Ils auront beau scruter l'horizon, plus aucun signe de vie à la surface ; ils observent l'océan qui s'étend à perte de vue. La réverbération des rayons du soleil au contact de l'eau recouvre la surface de milliers d'étoiles de lumière qui scintillent, ils contemplent ce paysage romantique et très reposant.

Après deux heures de navigation, le bateau se rapproche de la fameuse crique. Cédric leur montre un point encore minuscule, il veut leur proposer de se baigner avant de se poser sur la plage :

– Voulez-vous plonger avant que l'on aborde ? Nous ne sommes plus très loin maintenant.

– Oui, oui, répondent-ils en chœur.

Cédric amarre le bateau. Ils enfilent leurs palmes et leurs masques. Hélène qui est moins à l'aise dans l'eau enfile un gilet de sauvetage ; Cédric plonge le premier. Il accueille Gaëlle au creux de ses bras et ils tournent dans l'eau en se tenant par les mains. Les autres ne tardent pas à les suivre. Les voilà tous dans l'océan qui est très frais même en cette saison. Il leur faut un certain temps pour s'adapter à la température et profiter des joies de cette baignade improvisée. Mais pour Hélène, l'eau est décidemment bien trop froide. Elle a beau agiter les jambes et les bras, elle n'arrive pas à se réchauffer suffisamment. Elle est la première à remonter sur le bateau. Elle est frigorifiée et court se sécher dans sa serviette. Les autres, revivifiés restent encore un peu à jouer : Ils s'éclaboussent et Louise fait couler Lola en lui appuyant sur la tête.

– Attends, tu vas voir ! lui dit Lola.

Elle plonge et attrape les pieds de Louise qui se retrouve, elle aussi, la tête sous l'eau. Elles remontent toutes les deux à la surface en riant. Gaëlle ne tarde pas à se joindre à elles. Elles s'éclaboussent comme des enfants. Elles ont retrouvé leurs jeux d'adolescentes ; Hélène les regarde de loin, amusée, mais en secret un peu jalouse des souvenirs qui les unis toutes les trois.

Maxime est le deuxième à sortir, il rejoint Hélène et se couche sur le ventre, les rayons du soleil lui sèchent rapidement le dos. Cédric remonte à son tour et leur propose de repartir. Ils se retrouvent bientôt tous à bord, ils peuvent reprendre leur destination.

Cédric les dirige vers la plage. Il amarre le bateau à une bouée et une fois le catamaran sécurisé, ils sautent du bateau les uns derrière les autres, ils ont de l'eau jusqu'aux cuisses. Ils protègent, tant bien que mal, leurs paniers de nourriture et choisissent un endroit abrité du vent par des rochers. Cette baignade leur a ouvert l'appétit ; ils sortent la nappe, les victuailles, les boissons et s'installent.

Après un repas simple mais bon, ils font une pause : bronzage pour les uns et courte sieste pour les autres. Les yeux fermés ils entendent tous les bruits de la nature qui les entourent : le grondement de l'océan qui se jette sur la plage, le cri des mouettes qui leur tournent autour, le souffle du vent qui se faufile entre les rochers. Plus personne ne dit un mot. Ils écoutent et oublient toutes leurs préoccupations. Ils sont heureux.

Maxime se lève le premier, il a besoin de se dégourdir les jambes. Louise le rejoint, suivie bientôt par le reste de la bande. Cédric leur propose d'explorer les environs. Les rochers sont tapissés de bruyères, qui se déclinent en plusieurs nuances, allant du rose au violet, un vrai tableau ! Tout en avançant Cédric leur apprend le nom des plantes qu'ils découvrent. Près d'eux ils admirent quelques Arméries maritimes encore en fleurs, très résistantes au vent puissant dans cette région, elles poussent en petites touffes aux couleurs roses violacées. Tout en cheminant ils évitent de marcher sur des cassiopes ornées de leurs clochettes blanches qui supportent le froid océanique. Ils avancent prudemment, les rochers sont glissants, ils doivent faire attention où ils mettent les pieds. Ils constatent que les plantes ne sont pas abîmées contrairement aux endroits plus fréquentés qu'ils parcourent habituellement. La nature est intacte ; rares sont les personnes qui viennent ici. Ils se sentent privilégiés de découvrir cette végétation encore sauvage ; ils la contournent pour respecter l'environnement. Arrivés au sommet de la crique, ils contemplent le paysage, ils ont une vue à 180 degrés. Rien ne gêne leur regard ; à nouveau plus personne ne dit un mot, ils sont attentifs et émerveillés par le spectacle qui s'offre à eux.

Bien sûr, ils n'oublient pas d'immortaliser ce panorama et de se photographier entourés par ces magnifiques bruyères. Ils filment ce paysage majestueux pour emporter avec eux, non seulement la vue, mais aussi tous les bruits qui les entourent. Ils pourront se replonger dans cette ambiance à chaque fois qu'ils auront un peu la nostalgie de leurs vacances.

– Tu as vraiment bien fait de nous faire découvrir cette crique, Cédric, dit Louise.

– Oui, dorénavant ce sera notre lieu de prédilection, un refuge rien que pour nous, répond Lola.

– Merci, je suis content qu'elle vous plaise. C'est mon père qui m'a amené un jour. Nous avions pêché tout le matin et nous avions déjeuné ici. J'en ai un excellent souvenir. Mais maintenant redescendons, nous devons rentrer et au retour je n'aurai pas les vents pour me faciliter la navigation.

– Allons-y, dit Lola. Mais au moment où elle le dit, son pied glisse sur le rocher et sa cheville se tord. Elle crie sous la douleur et Hélène se précipite à son secours.

-Mince, je me suis au moins foulé la cheville. Je vais devoir descendre à cloche-pied.

Maxime et Cédric viennent à son secours pour l'assister dans la descente ; ils rejoignent difficilement le catamaran et installe Lola sur le trampoline, le filet amortira le balancement du bateau. Hélène la rejoint, elle est aux petits-soins pour elle.

– Mes vacances sont compromises, je vais devoir rester tranquille.

– Au moins tu te reposeras, lui répond Hélène. Et puis ce n'est peut-être pas si grave. On ira voir le médecin. Il nous dira si tu peux marcher ou pas.

Sitôt rentrées, elles consultent le médecin qui a confirmé l'entorse, mais avec un bandage pour maintenir sa cheville elle peut quand même marcher sur terrain plat, elle devra éviter les rochers pendant quelques temps !

Le lendemain, Alain a su par André que sa fille s'était blessée, il se précipite chez elle, il a besoin de savoir comment elle va. A son arrivée, il voit Hélène qui prend soin de Lola, qui l'assiste dans le moindre de ses désirs. Il comprend alors que son rôle est terminé, quelqu'un d'autre a pris sa place. Il retourne voir Julie qui a pitié de sa mine déconfite, elle comprend que sa fille a préféré la compagnie d'Hélène à la sienne. Pour lui changer les idées elle lui propose d'aller voir des bateaux à vendre, elle sait que cette proposition va lui rendre le sourire. Effectivement, Alain est aux anges, il oublie sa déconvenue. Ils partent main dans la main, plus complices que jamais.

19

Alain appelle Papi Pierrot avant de partir. Il souhaite son avis pour le choix d'un bateau ; même s'il ne pense pas l'acheter aujourd'hui, il préfère avoir tous ses conseils avant son acquisition. Papi Pierrot est ravi de se joindre à eux, il va leur présenter le père de Cédric, charpentier marine depuis deux générations, c'est un professionnel et ses renseignements sont précis. Ils se rendent ensemble à l'entreprise et Alain commence à contempler de loin des embarcations. Il cherche quelque chose qui soit facile à manœuvrer et confortable pour Julie. Papi Pierrot les présente et tous ensemble, ils font le tour des bateaux exposés pour la vente. Ils écoutent toutes les explications et prennent des conseils judicieux. Ils arrivent devant un bateau qu'Alain avait repéré :

– Celui-ci est magnifique. C'est mon coup de cœur, dit-il à Julie.

– Oui il est très beau mais est-il adapté à notre future utilisation ?

– C'est un nouveau modèle, ce n'est pas un voilier,

c'est une vedette. La ligne est moderne, c'est mon fils qui l'a dessinée mais elle n'est pas terminée. L'avantage c'est que vous pourriez choisir la décoration dans notre catalogue. Le père de Cédric leur explique la différence entre le voilier de Papi Pierrot et cette vedette tout confort. Elle peut convenir pour une navigation touristique, mais pas seulement, le moteur est puissant et ce genre de bateaux est utilisé aussi par les secouristes.

Il met ainsi le doigt sur une indication importante, pour ce genre de bateaux, impossible de se passer du permis de bateau. Cet argument ne freine pas Alain. Il a mis son dévolu dessus et impossible de le faire changer d'idée. Il demande l'avis de Papi Pierrot.

– Alors, tu en penses quoi ?

– Il est magnifique, mais comme tu l'as compris, il est aussi puissant, au début tu devras être très prudent, le prendre en main.

– Bien sûr, à mon âge, je suis moins casse-cou qu'à vingt ans. Il est aussi très confortable et je veux que Julie s'y sente bien. Qu'en dis-tu Julie ?

– Je l'adore aussi et le fait que je puisse le personnaliser me ravit. Tu me connais, la décoration c'est mon dada.

– Très bien, je peux savoir le prix ?

Après avoir pris connaissance du montant, Alain demande quand il pourra l'acquérir.

– Nous allons accélérer et nous consacrer à sa finition mais il faut bien compter encore un petit mois ; il faut commander les dernières fournitures que vous allez choisir. Si nos fournisseurs les ont en stock cela pourrait aller un peu plus vite.

– Alors nous devrons revenir pour fin septembre. Cela me laisserait une petite semaine pour l'essayer. Cela vous paraît jouable ? Vous l'aurez terminé ?

– Oui vous pourrez le réceptionner sans problème à votre retour.

Il se tourne vers Julie et en un regard il sait qu'elle est d'accord.

– Affaire conclue.

– Très bien, répond le père de Cédric, je vais appeler ma femme, elle vous fera choisir la couleur des banquettes et des cabines dans nos catalogues. Mon fils va être très heureux, c'est sa première création. Vous comptez l'appeler comment :

– Julie, répond Alain, sans hésitation.

Ils passent le reste de la matinée à feuilleter les revues et arrêtent leur choix. Il ne reste plus qu'à vérifier leurs disponibilités.

– Je me renseigne et vous rappelle très vite pour vous informer de la suite.

– Très bien, en attendant j'ai du travail sur la planche. J'ai encore des choses à apprendre pour passer mon examen de bateau.

20

Louise n'est pas retournée voir Papi Pierrot depuis l'arrivée de Lola et Maxime. Le lendemain, elle décide de lui rendre une visite pour lui présenter l'homme de sa vie. Ils s'étaient aperçus l'année dernière mais ils n'avaient pas vraiment parlé ensemble. Papi Pierrot n'était alors qu'un ami de la famille de Louise. Il était connu et estimé dans le village, mais rien n'engageait Maxime à faire plus ample connaissance avec lui. Aujourd'hui Maxime voudrait qu'ils se connaissent d'avantage.

Papi Pierrot habite à la sortie du village dans la maison de ses parents. Il avait vendu la demeure qu'il avait achetée avec Aéla, son épouse, ils l'avaient acquise pensant agrandir leur famille. Papi Pierrot aurait adoré être entouré d'une ribambelle d'enfants et Aéla rêvait de bercer un bébé dans ses bras. Leur vœu ne fut pas exaucé. Peut-être s'ils avaient eu un enfant... mais, mois après mois... année après année... rien. Tous les deux s'étaient rendus à l'évidence, les cris de nourrissons ne viendraient jamais les réveiller le matin et ils n'entendraient pas, non plus, les rires d'enfants qui joueraient dans le jardin.

Finalement, il n'avait aucun attachement sentimental pour cette maison car le lien qui l'unissait à sa femme resta une simple amitié qui n'avait pas évoluée, pour lui, en relation amoureuse. Alors chacun s'était accommodé de cette vie, vide de sens : lui passant toutes ses journées sur l'océan, à la pêche ou en balade et elle s'engageant auprès des associations à but non lucratif et notamment, celle de la paroisse. Elle y passait tout son temps, trouvait dans l'institution qui accueillait les enfants un réconfort pour son cœur meurtri.

Sans le savoir, elle fut placée par le destin sur la route d'Annie, la fille de Mathilde et de Pierre, son mari. C'est elle qui lui donnait son biberon le matin, elle l'aida à faire ses premiers pas, participa aux décisions de son éducation. Elle eut une affection particulière pour cette petite fille. Comment ne pas s'attacher à un bébé que la vie avait refusé de lui offrir. Annie lui apporta beaucoup de joie : le bonheur de bercer un enfant, de le voir prononcer ses premiers mots.

C'était le premier nourrisson que l'institution gérait car d'habitude on leur envoyait de jeunes enfants de la ville. Mais là, elle était sur le parvis de l'église, impossible de l'envoyer ailleurs. Il avait été décidé qu'elle resterait ici.

Aléa mourut assez jeune d'une mauvaise grippe, laissant Papi Pierrot dans un grand désarroi ; il s'était habitué à sa présence discrète, à ses pas feutrés sur le parquet du salon. Les soirs d'hiver une bonne odeur de soupe, cuite lentement sur le poêle à bois, redonnait une certaine douceur à ce lieu, un apaisement. Ils ne se parlaient pas beaucoup, des banalités sur le temps pour lui ou sur ses préoccupations d'associations pour elle, mais, depuis sa mort il n'avait plus rien que le silence et personne pour lui préparer un bon repas. Il pleura Aéla comme on pleure une vieille amie. Sa peine fut sincère mais pas profonde. La décision de quitter cette maison s'imposa rapidement, c'était une évidence, il n'avait plus rien à y faire.

Il trouva très vite un jeune couple pour l'acquérir et il tourna définitivement la page de son mariage. Il aurait pu se remarier, il était bel homme et courtisé par les femmes célibataires ou veuves du village. Mais il avait en mémoire le doux visage de Mathilde qui surpassait de loin celui de toutes ces femmes. Il n'oublia jamais cet amour, il vécu avec son souvenir, une photo d'elle dans son portefeuille.

Quand Louise et Maxime arrivent, il est dans son jardin.

– Ohé, Papi Pierrot ! Comment vas-tu ?

– Bien, c'est gentil de me rendre une visite. Je ramasse des tomates pour ma salade. Vous mangez avec moi ?

– Avec plaisir. Je voudrais te présenter Maxime.

Maxime s'approche, il le salue courtoisement et le suit dans le potager ; de chaque côté de l'allée des pieds chargés de légumes sont prêts à être consommés et, même s'il n'y connaît rien en jardinage, il constate que celui-ci est très bien entretenu et agréable. Au fond une table est disposée sous un mimosa tout près d'une cabane. Papi Pierrot y abrite tous ses outils. Derrière un grillage Maxime aperçoit quelques poules qui dorment à l'ombre de l'arbre.

– Vous avez un très joli jardin ! dit-il.

Les deux hommes engagent une conversation pendant que Louise continue de ramasser quelques tomates mûres. Elle les porte et se dirige vers l'intérieur. Elle n'est jamais vraiment allée plus loin que le seuil de la maison. Aujourd'hui c'est différent, la situation la pousse à explorer l'intérieur du regard.

– Entre et va dans la cuisine ! Tu trouveras le saladier sur la table.

Elle s'exécute et pénètre dans une pièce éclairée par une petite fenêtre, elle est vétuste. En deux minutes elle se retrouve immergée dans les années 1930 ; néanmoins même si la décoration n'a pas évoluée au fil des ans, les meubles et les ustensiles sont astiqués et propres, une odeur de cire embaume les pièces. *Il se plaît ici avec ses souvenirs d'enfants* pense-t-elle. Le peu de photos exposées appartenaient à ses parents, et en les regardant on ressent beaucoup d'amour. Un cliché représente une sortie en mer sur un voilier avec son père. Seules les maquettes de bateaux sur la cheminée sont récentes et lui appartiennent.

Les deux hommes arrivent et s'installent dans le salon, dans un vieux canapé en cuir marron. Louise les rejoint. Papi Pierrot questionne Maxime, il a envie d'en connaître plus sur lui, ce qu'il fait dans la vie, son métier. Maxime lui raconte alors son parcours. Puis il parle de sa rencontre avec Louise lors d'un concours d'équitation. Louise rit à ses souvenirs, ils étaient de jeunes lycéens. Elle raconte à Papi Pierrot les prouesses de son amie Lola. Finalement c'est grâce à Lola s'ils se sont connus.

– On sent qu'Alain aime beaucoup sa fille. Elle est tout pour lui, répond Papi Pierrot, son départ soudain lui avait enlevé son goût de vivre, mais ses cours de navigation semblent lui redonner un nouvel élan. Je suis content pour lui.

– Aujourd'hui Lola aussi a son âme sœur et nous avons toutes les trois, moi Lola et Gaëlle, trouvé notre moitié.

– Oui son papa m'a raconté sa rencontre avec sa belle-fille. A l'époque les choses se passaient autrement, il était impensable d'avouer cela à ses parents. On s'est souvent interrogé sur la vie sexuelle de plusieurs vieux garçons ici, mais sans en parler. Á mon avis, pour certains, ils étaient de l'autre bord, comme on dit parfois ! Mais, aujourd'hui c'est différent la parole s'est libérée.

– Oui, et tant mieux. Par contre les parents sont tous les mêmes quand l'oiseau quitte le nid. Lorsque j'ai déménagé pour mon petit studio, j'ai bien ressenti qu'ils avaient de la peine. Surtout ma mère, c'est vrai qu'elle a eu beaucoup de mal à couper le cordon. Les séparations sont toujours difficiles ajoute Maxime.

– Même quand elle concerne une grande amitié comme nous avons avec Lola ; j'ai eu très peur de sa réaction quand je lui ai annoncé ma décision, mais heureusement Hélène est apparue dans sa vie ; nous pouvons prendre un peu de distance sans pour cela rompre notre amitié.

Papi Pierrot la regarde interrogatif en pensant, *quelle décision* ? Louise continue sur sa lancée.

– Car tu vois, aujourd'hui la vie a décidé d'un retour en arrière pour moi. Depuis la découverte de ces missives je me sens chez moi, ici, en Bretagne. J'ai envie d'y construire ma vie.

Á ces mots, Papi Pierrot la regarde bouleversé. C'est la meilleure nouvelle qu'il ait reçue depuis bien longtemps. Contrairement à Louise il a intégré très vite le fait que Louise soit sa petite-fille. Il se sent proche d'elle, il a un besoin viscéral de la serrer dans ses bras chaque fois qu'il la voit. Il a du mal à contenir sa joie mais pour lui il y a urgence, ils n'ont pas le même âge et il sait que la vie lui a fait un cadeau incommensurable. Il veut profiter d'elle chaque fois qu'il la voit, et voilà qu'elle lui apprend qu'elle souhaite s'installer en Bretagne, tout près de lui. Il est tellement heureux. Il continue de l'écouter mais il retient difficilement son émotion. Elle énumère ses projets et c'est encore une douce mélodie qui enchante Papi Pierrot. Les paroles de Louise le rassurent et lui promettent un avenir meilleur, il comprend qu'il a retrouvé une vraie famille qui sera toute proche de lui.

– Ma foi, c'est merveilleux pour moi, nous pourrons nous voir souvent. Et, ton père ? Il en pense quoi ?

– Je n'ai pas encore abordé le sujet avec lui mais il ne pourra qu'approuver. Nous avons un projet d'installation commun avec Maxime. Lui, en tant qu'électricien, et moi je veux ouvrir ma boutique de vêtements avec mes propres créations, peut-être à Saint Nazaire, ce n'est pas très loin. Maman m'a transmis son don de création pour la couture, le savais-tu ?

– Non, personne ne m'en a parlé. C'est un superbe projet. Vous êtes jeunes et tellement enthousiastes, vous faîtes plaisir à voir. Si vous avez besoin de quelque chose n'hésitez pas à me le demander.

– Pour le moment à part des adresses de clients et un hangar je n'ai pas besoin de plus ! S'exclame Maxime.

– Et moi je dois finir cette année d'études et réussir mon examen et là personne ne peut rien pour m'aider.

Ils passent à table et mangent rapidement, ils n'ont pas très faim. Papi Pierrot est songeur depuis leur conversation, il a pensé à quelque chose. Si sa petite-fille veut s'installer ici il doit tout faire pour l'aider, et, surtout, la retenir ici tout près de lui. Après le repas ils sortent et se rendent derrière la maison. Au fond se trouve un bâtiment accessible par la route. Papi Pierrot ouvre la porte, malgré le bazar qui se trouve à l'intérieur, on se rend compte qu'il est immense.

– Cette bâtisse est à toi ? Demande Louise.

– Oui, je l'ai héritée avec la maison. Á l'époque il y avait plusieurs bateaux de pêche et tous les ustensiles adéquats. J'ai jeté et donné pas mal de choses déjà, mais, j'ai conscience qu'il faudrait tout virer. Aujourd'hui je n'ai besoin que de mon voilier amarré sur le port.

Il regarde Maxime.

– Penses-tu que cet endroit pourrait te dépanner pour démarrer ton activité ?

– Oui bien sûr mais je n'ai pas besoin de toute cette surface. Je pourrais t'en louer une partie !

Papi Pierrot ne relève pas sa dernière phrase ; dans ses pensées, il écrit déjà la suite de cette histoire qui démarre pour lui. Il se contente de préciser :

– Il y a un gros travail de nettoyage ; je pourrai t'aider.

– Merci, je vais demander aussi à Cédric et André. Je pense qu'ils seront contents de me donner un coup de main. Quand ils quittent Papi Pierrot, la route de leur avenir se dessine un peu plus et celui-ci s'annonce plutôt serein.

Le destin redistribue les cartes et les personnages retrouvent leur place ; André et Louise ont choisi de revenir en Bretagne, plus rien ne les fera changer d'avis.

21

Clara et André ont savouré leurs premières vacances en Bretagne. Ils ont profité de l'extérieur et se sont régalés tous les soirs en faisant des barbecues, en consommant des crustacés ramassés sur la plage et en mangeant des crêpes à la crêperie du coin. Ils ont exploré tous les chemins praticables en vélo. Un vrai régal pour les yeux. Ils se voient très bien finir leurs jours ici, au coin de la cheminée en hiver. Mais en attendant il va falloir retourner dans le Béarn. Ils ont encore une dizaine d'années à travailler avant la retraite.

Hier, Louise et Maxime leur ont exposé leur projet d'installation et la proposition de Papi Pierrot. Clara et André, d'un commun accord, ont suggéré à Maxime d'habiter chez eux, il n'aura ainsi pas de loyer à payer tout de suite. Ils savent que ce ne sera pas facile pour lui, il connaît peu de monde et il sera seul la première année. Louise ne sera pas là pour l'épauler. Heureusement, il va avoir le soutien de la famille de Louise et de son ami Cédric pour démarrer. Ensuite il devra faire ses preuves, dans l'artisanat c'est souvent le bouche-à-oreilles qui fonctionne.

Les jours qui suivirent, ils allèrent au hangar faire le ménage et le vider de tout ce qui ne servait plus à rien. Maxime est plein d'entrain, il va pouvoir démarrer dans de bonnes conditions mais il lui reste une dernière chose à faire, et ce n'est pas la plus facile, régler sa situation à Vienne.

Lundi prochain, il retournera au travail et donnera sa démission, il sait que ce ne sera pas une surprise pour son patron. Ensuite, le plus difficile ce sera d'annoncer sa décision à ses parents et surtout à sa mère. Pour elle, cette nouvelle séparation sera douloureuse. Elle le verra moins et ni internet ni le téléphone ne remplaceront le contact tactile dont elle a besoin. Il va leur proposer de venir le voir quand il sera installé. Avec un peu de chance ils tomberont amoureux de cette belle région et voudront y vivre leur retraite.

Entre temps, Alain a passé son permis de bateau avec succès, ce qui n'est pas étonnant vu sa motivation. Il a suivi l'avancement des travaux du bateau et il s'imagine déjà avec Julie sur leur embarcation. Leur couple est plus soudé que jamais. Ils sont amoureux comme aux premiers jours.

Julie va rapporter ses jolies toiles pour les exposer dans sa galerie et, dès lundi, elle va chercher une assistante. Elle se libèrera un peu plus de temps pour le bien de son couple. Elle se rend compte qu'elle est passée à deux doigts de la séparation.

22

Lola et Hélène sont les premières à réintégrer le Béarn. Après une semaine, la routine reprend pour Hélène. Elle recommence ses déplacements et ses nuits à l'hôtel ; avant cette vie lui plaisait, mais maintenant, elle voudrait dénicher des œuvres à restaurer plus près d'ici. Passer autant de temps sans Lola lui devient insupportable.

Lola reprend ses cours la semaine prochaine. Au cabinet elle a fait la connaissance d'un jeune avocat qui est dans le droit privé. Fin septembre, il doit plaider dans une affaire familiale un peu particulière : Une petite fille violée par son père et sans doute par des relations de celui-ci. Rien que de l'évoquer, fait monter en Lola une répulsion, un dégoût qui lui donne envie de vomir. Jusqu'à présent elle n'a assisté qu'à des procès d'affaires frauduleuses avec des patrons peu scrupuleux. Là c'est autre chose, elle sent bouillir en elle une révolte qu'elle ne se connaissait pas. Quand il lui propose de venir au tribunal pour le voir siéger, elle n'hésite pas. Le soir même elle l'annonce à Hélène :

– Je viens de rencontrer un jeune avocat qui plaide dans des affaires privées et notamment sur les problèmes de viol d'enfants et d'inceste, comment est-ce possible ? Bien sûr que j'en ai entendu parler mais là c'est du concret. J'ai consulté le dossier, mais certaines pièces sont confidentielles. Je les visualiserai seulement pendant le procès et je suis déjà bouleversée par ce que j'ai vu. Je m'attends à pire.

– C'est horrible, tu veux vraiment assister au procès ? Il y aura sûrement des détails de scènes qui risquent de te marquer à vie. Tu es prête pour affronter cette réalité ?

– De toute façon, maintenant c'est trop tard. Depuis qu'il m'en a parlé je ne pense qu'à ça. Je vais l'accompagner. Je le revois la semaine prochaine, il va me « briefer » sur l'avancement de l'affaire.

– D'accord, mais prépare toi à rencontrer l'horreur de l'humanité. Si tu as besoin de parler et de décompresser je serai là. Je ne te cache pas que cela m'inquiète pour toi, je pense que tu n'en ressortiras pas indemne. Ce procès laissera des traces indélébiles sur toi. Est-ce que ta sensibilité te permettra de passer à autre chose après ?

– Nous verrons, ce sera peut-être le premier et le dernier ; ce n'est pas ma spécialité. Néanmoins, je peux encore changer de cap. Pour le moment mon domaine est le droit d'affaires, je baigne dedans depuis que je suis jeune et je n'y connais pas grand-chose en droit privé à part mes cours magistraux. Mais pour une fois je me suis sentie vibrer, mon corps tout entier a réagi aux quelques photos que j'ai aperçues. C'est comme une évidence, je ne peux pas faire autrement.

– Tu connais la date du procès ?

– Non, pas précisément, juste que c'est à la fin du mois.

– Bon, parlons d'autres choses, tu veux sortir ce soir : théâtre, concert ?

– Oui bonne idée, une pièce de théâtre. Tu en as repéré une ?

– Oui, mais allons d'abord au restaurant, il y a longtemps que l'on n'est pas sorti toi et moi. J'adore tes amis mais j'ai besoin d'être seule avec toi de temps en temps.

Lola approuve de la tête et va prendre une douche avant de se changer. Hélène la rejoint. Elles se savonnent mutuellement et se massent sous l'eau chaude, le besoin d'Hélène est satisfait : Lola n'est rien qu'à elle et elle profite pleinement de ce moment. Elle adore le contact de sa peau douce et veloutée et respirer son parfum qui persiste très longtemps même sous l'eau. Avant de partir Hélène sert un verre de vin blanc à Lola, elles trinquent à leur retour à la maison.

23

Ce matin, Louise a retrouvé Mamie Arlette. Elles se sont longuement serrées l'une contre l'autre. Louise n'avait pas anticipé cette émotion. Elle se rend compte à quel point elle lui avait manqué. Après cette grande effusion elle l'observe. Elle la trouve fatiguée, amaigrie. Elle lui propose d'aller au restaurant pour marquer son retour à Paris. Mamie Arlette est ravie, elle a retrouvé sa complice, elle va pouvoir à nouveau arpenter les rues de la Capitale à son bras car elle n'ose plus trop s'aventurer seule depuis son dernier malaise. Elles partiront en fin de matinée, cela laisse le temps à Louise de ranger ses affaires et de se préparer.

– Je te ferai un brushing, dit Louise à Mamie Arlette.

Elle a remarqué un certain laisser-aller dans sa tenue mais elle ne lui dit rien. De nouveau elle est là pour s'occuper d'elle. Quand elle redescend, Mamie Arlette s'est assoupie. Il reste un peu de temps avant de partir, elle la laisse sommeiller. Mais son repos sera de courte durée, la sonnerie du téléphone vient la sortir de sa torpeur. Louise se précipite sur le combiné, c'est la nièce de Mamie Arlette. Elle lui donne l'appareil et part chercher une brosse et un sèche-cheveux pour la coiffer. Elle entend malgré elle des bribes de conversation, sa nièce paraît, elle aussi, inquiète pour sa santé. Quand elle raccroche, Louise s'approche et brosse délicatement les cheveux de Mamie Arlette.

– Je me souviens que tu avais une aide le matin pour t'assister, je ne l'ai pas vue ?

– Non, elle est encore en vacances, ils n'ont pas de remplaçantes. Je me suis débrouillée comme j'ai pu.

Voilà l'explication à sa tenue, elle qui était si coquette !

– Et pour manger ? Tu as fais comment ?

– Ma nièce avait organisé une livraison de repas à domicile, ils n'étaient pas très bons ! Mais c'était toujours ça. De temps en temps, mon traiteur acceptait de me livrer des petites spécialités que je lui commandais.

– Aujourd'hui nous allons déguster un bon dîner toutes les deux et boire un petit verre de vin.

Louise fait un clin d'œil à Mamie Arlette. Elle sait qu'elle apprécie son petit verre de vin rouge avec son fromage à la fin du repas. Après l'avoir coiffée elles s'éloignent toutes les deux dans les rues de Paris. Louise remarque que son pas est moins assuré que lorsqu'elle était partie. Elle marche plus lentement et elle doit la soutenir à plusieurs reprises. En deux mois son état de santé s'est vraiment dégradé pense-t-elle. Elle resonge à la conversation qu'elle a eue un mois plus tôt avec Clara, elle comprend maintenant ce qu'elle voulait dire. Que se passera-t-il quand elle va partir pour de bon. Elle chasse cette pensée. Elles arrivent à leur restaurant favori.

– Bonjour, leur dit le gérant. Il se tourne vers Mamie Arlette. Comment allez-vous ? Cela fait plaisir de vous revoir.

– Bien, j'ai retrouvé ma jeune amie et je me sens à nouveau pousser des ailes.

– Tant mieux, je vous apporte la carte.

Elles choisissent leur menu et un verre de vin chacune, du blanc pour Louise et du rouge pour Mamie Arlette puis, Louise lui raconte ses vacances, elle est intarissable. Mamie Arlette l'écoute, elle se délecte de ses paroles, comme si elle voyait, elle aussi, tous ces paysages que Louise lui décrit. Elle lui reparle, bien entendu, de la découverte des courriers que son père lui avait cachée jusqu'à cet été. Mamie Arlette écoute attentivement.

– C'est bien triste pour Mathilde et ta maman mais pour toi c'est merveilleux, tu as trouvé un grand-père.

– Oui, j'avoue que je suis heureuse mais j'ai encore du mal à dire Papi, tu comprends ? Je le connais depuis longtemps et pour nous tous il était Papi Pierrot, le papi de tout le monde !

– Il faut laisser faire le temps mais tu dois prendre conscience qu'il en a moins que toi. Il va vouloir te connaître davantage, tu fais partie de sa vie intime maintenant.

– Oui, c'est vrai, il a commencé à me transmettre sa passion pour la navigation. J'ai appris à barrer, à descendre la voile et à aborder. J'avoue que cela me plaît.

– Tu m'as parlé d'un échange de courriers entre ta mamie et cette amie en Bretagne. Ta mamie habitait Paris ? C'est bien ça ?

– Oui, j'ai apporté une enveloppe, il y a une adresse dessus. Je veux m'y rendre en pèlerinage. Je me doute bien que je ne trouverai personne qui pourra me parler d'elle après toutes ces années !

– Si tu veux nous irons ensemble. Je pourrai encore te raconter des petites anecdotes sur le quartier si je le connais.

– Avec plaisir, si ce n'est pas trop loin pour toi.

– Tu te rappelles de l'adresse ?

– Non, mais elle est dans mon sac, attend, je regarde.

Louise se saisit de l'enveloppe et la tend à Mamie Arlette.

– Ah oui ! J'y suis allée autrefois, il y a eu pas mal de travaux là-bas. Veux-tu que l'on s'y rende demain matin ?

– Pourquoi pas, je n'ai rien prévu, les cours reprennent la semaine prochaine.

Après le repas elles font quelques pas au soleil, Mamie Arlette arbore un grand sourire, elle reprend des forces en compagnie de sa jeune amie. A leur retour elle s'éclipse pour faire la sieste et Louise finit de s'installer.

24

C'est mi-septembre, un vendredi, qu'Alain reçu le coup de téléphone tant attendu, leur bateau est prêt. Ils peuvent venir le réceptionner dès aujourd'hui ; Alain est surexcité. Il appelle Julie qui ne répond pas, il lui laisse un message : « Coucou, c'est moi, peux-tu me rappeler rapidement ? ». Alain retourne à ses occupations car les commandes affluent en cette saison, il n'a pas trop le temps de flâner. *Heureusement que mon adjoint est là, je pourrais quand même m'absenter quelques jours*, pense-t-il. Á midi Julie n'a toujours pas donné signe de vie. Alain trépigne d'impatiente. Il prend la voiture et se rend à la galerie. Quand il ouvre la porte Julie est surprise de le voir.

– Que fais-tu ici ?

– Je t'ai laissé un message à neuf heures, tu ne m'as pas répondu.

Julie regarde son téléphone, effectivement elle voit qu'elle a un texto.

– Ah mince, il était en silencieux, je n'ai pas entendu. Tu voulais quelque chose ?

– J'ai eu un appel, le bateau est prêt. Je vais aller le réceptionner. Tu penses pouvoir venir avec moi ?

– J'aimerais, mais pas cette fois, tu vas devoir faire sans moi, comme tu le sais j'ai un vernissage ce week-end. Par contre, j'ai une bonne nouvelle, j'ai reçu aujourd'hui une candidate très intéressante, elle pourra commencer à me seconder dès le mois d'octobre. La prochaine fois nous pourrons nous échapper ensemble.

– Ah, enfin, je suis soulagé. On mange tous les deux ?

– Oui, vite fait, laisse-moi ranger ce tableau dans la remise et je te suis.

Ils mangent sur le pouce et marchent un moment loin de l'agitation.

– Je pars ce soir et je pense rester une petite semaine ; je vais organiser mon voyage cet après-midi.

– Pas de problème, tu me téléphones sitôt que tu arrives et n'oublie pas de m'envoyer des photos, moi aussi j'ai hâte de le voir.

Alain est parti le soir même, son voyage fut fastidieux, il dû réserver des transports en commun du jour au lendemain, ce qui n'est pas chose facile, mais conduire toute la nuit n'était pas prudent et, il n'avait pas la patience d'attendre. La veille il a prévenu Papi

Pierrot de son départ. Arrivé à l'hôtel il s'est affalé dans le lit tout habillé et il a sombré dans un sommeil profond.

Le lendemain, son téléphone le réveille, c'est Julie qui l'appelle, elle était inquiète de ne pas avoir de ses nouvelles. Après l'avoir rassurée il raccroche et se regarde dans le miroir, il n'est pas beau à voir, la nuit a été courte. Il se rafraîchit sous l'eau et descend au restaurant. Une bonne odeur de café et de pain grillé finissent de le sortir de son sommeil.

Après un bon petit-déjeuner, il se dirige vers l'entrepôt de l'entreprise ; au passage, il a prit Papi Pierrot qui est pressé lui aussi d'observer la tenue du bateau sur l'eau.

La porte du hangar est ouverte et la vedette est là, en plein milieu, magnifique. Ils s'approchent, Alain fait le tour de l'embarcation, sur la coque, le nom de Julie est peint en rouge, la couleur préférée de sa femme. Il est admiratif, on dirait un enfant devant son nouveau jouet. Il ne dit rien, se contente de l'admirer, de le toucher. Cédric arrive et d'un ton assuré lui dit :

– Bonjour, elle vous plaît ?

– Elle est splendide, encore mieux que dans mes pensées.

– Plus qu'à la mettre à l'eau alors ?

La mise à l'eau est toujours un instant magique, son père tient à ce que ce soit Cédric qui s'occupe de cette opération, il va néanmoins les accompagner. C'est la première réalisation de son fils et, tout le monde s'accorde pour dire qu'elle est magnifique. Il leur faut une bonne demi-heure pour faire toutes les manœuvres et arriver jusqu'à l'embarcadère. Tous les hommes sont prêts, ils poussent délicatement la vedette, elle pénètre lentement dans l'eau, c'est fait... elle flotte, quel beau moment ! Dommage que Julie ne soit pas là, pense Alain. Il prend une vidéo qu'il lui envoie et regarde Papi Pierrot.

– On l'essaye cette vedette ?

– Avec plaisir !

– Tu seras mon premier passager !

Il remercie vivement Cédric pour son travail et, fébrilement, il prend les clés qu'il lui tend. Il a tellement attendu cet instant ; il a dû ronger son frein pendant quinze jours, une éternité pour lui qui est si pressé habituellement.

– Allons-y, l'océan nous attend, je dirige cette fois !

– Evidemment, je ne voudrais pas te priver de ce plaisir mais au retour je prendrai la relève si tu le permets, j'ai envie de le sentir vibrer sous mes doigts moi aussi.

– Evidemment cela va de soi ! Alain arbore un grand sourire qui illumine son visage.

Ils montent et prennent le large. Sa sensation de liberté lui revient immédiatement. Au début prudent, il monte à cinq nœuds, puis plus confiant à dix. Il est encore loin du potentiel de son engin, mais il sait qu'il doit apprendre à le maîtriser. Papi Pierrot ne dit rien, il regarde son élève. *Bientôt il dépassera le maître* pense-t-il. Il n'est pas inquiet, Alain a la tête sur les épaules. Il est heureux d'avoir participé à sa formation et il pourra faire de belles échappées en mer avec sa femme. L'équipement qu'ils ont choisi va leur permettre de partir plusieurs jours en toute tranquillité.

25

Cette même semaine, Mamie Arlette et Louise partent à la recherche de l'adresse de Mathilde à Paris. Le quartier est un peu loin, elles ont dû prendre les transports en commun. Louise surveille Mamie Arlette, au moindre signe de fatigue elles feront demi-tour. Mais celle-ci rayonne ce matin, on ne dirait pas qu'elle a pris des malaises récemment. La présence de Louise lui redonne de l'énergie et de la vigueur.

En vérité, avec Louise, elle se sent utile, elle a le sentiment qu'elle sert encore à quelque chose et, contrairement à cet été où elle est restée toute seule, sans rien pour occuper son temps, là, cette enquête improvisée lui donne un brin d'adrénaline qui la stimule ; Elle a bien encore son chat qui lui apporte de la tendresse et, heureusement, mais pas pour longtemps elle le sait, il se fait vieux lui aussi.

Après deux changements de métro, elles arrivent dans le fameux quartier. Mamie Arlette y est venue autrefois, à l'époque ses jambes lui permettaient de courir et de sauter ; elle était active et elle marchait d'un pas alerte sans s'arrêter à chaque coin de rue. Avec ses amies elles y venaient à pied. Aujourd'hui ce secteur a bien changé. Des vieux immeubles ont été écroulés laissant la place à des bâtiments neufs, plus actuels. Mais les rues sont les mêmes, elles vont pouvoir se rendre à l'adresse sans problème. Au bout de dix minutes de marche elles arrivent au début de l'allée ; elle est longue et, si on se base sur le numéro indiqué sur la première porte, le logement de Mathilde se trouvait à peu près à la moitié du chemin. Á l'angle des deux routes se trouve un petit bar.

– Nous allons faire une pause, dit Louise.

Elles rentrent dans le café et s'assoient près de la fenêtre. Un homme d'une cinquantaine d'années s'approche et prend leur commande. Mamie Arlette entame la conversation avec lui.

– Ce quartier a bien changé ! J'y venais souvent quand j'étais plus jeune.

– Oui c'est vrai il y a eu du changement. Moi j'y suis toujours resté, notre bar a résisté au monde moderne.

– Vous êtes ici depuis quand ?

– Depuis toujours, c'est ma mère qui le tenait avant moi, j'ai pris la succession mais elle vient souvent l'après-midi me rejoindre. Cet établissement est toute sa vie.

– Ah bon ! Alors il se peut qu'elle ait connu Mathilde, la grand-mère de Louise. Tout en parlant Mamie Arlette se tourne et désigne Louise de la tête. Cela vous dérange si nous revenons la voir plus tard ?

– Votre grand-mère habitait le quartier ?

Louise lui tend l'enveloppe sur laquelle l'adresse est marquée au dos.

– Oui, c'est le seul indice que j'ai, ce n'est pas grand-chose. Je me doute que depuis tout ce temps il est fort probable que je ne trouve rien.

– Ah oui, effectivement c'est maigre mais on ne sait jamais. Je peux appeler ma mère, elle est juste au-dessus. Même si elle ne l'a pas connue elle se fera un plaisir de discuter avec vous Mesdames, et particulièrement avec vous, dit-il en regardant Mamie Arlette. Elle adore parler de son époque avec des personnes de son âge. Vous aurez sûrement plein de souvenirs à partager.

– Vraiment ? Si elle peut descendre c'est merveilleux. Merci beaucoup, répond Louise. Elle pourra certainement faire avancer un peu notre enquête.

Le serveur les laisse se désaltérer. Les boissons fraîches les revigorent. Tout en buvant, Mamie Arlette commence à se rappeler de certains détails. Dans cette rue il y avait beaucoup de boutiques, elle venait avec ses amies faire les soldes. Elles y faisaient de bonnes affaires. Elle se revoit arpenter les trottoirs à l'affût d'un article et de leur rire communicatif. Elle avait oublié cette période de sa vie qui lui revient maintenant de plus en plus clairement, c'est un grand moment de nostalgie pour elle. Elle est si contente d'avoir accompagné Louise, ce soir elle se couchera heureuse en repensant à sa journée.

Louise et Mamie Arlette ont terminé leur verre. Elles lèvent les yeux et voient arriver une petite femme voûtée mais à la démarche vive. Elle leur dit bonjour en montrant son joli dentier puis elle s'assoit à leur table. Son fils lui apporte un chocolat chaud.

Mamie Arlette entame la conversation, elle la reconnaît, avec ses amies elles venaient de temps en temps boire un verre après leurs emplettes.

– Quelle bonne surprise de vous voir ici, cela me rappelle tellement de souvenirs. Nous étions fauchées mais tellement heureuses à l'époque, insouciantes et jeunes surtout !

– Oui c'était le bon temps, comme on dit. Mon fils a

pris la relève, il a pu sauver mon petit café mais jusqu'à quand ? Le modernisme nous rattrape.

– Aujourd'hui, ma démarche est moins futile, nous sommes à la recherche d'indices qui nous permettraient de connaître un peu mieux la grand-mère de Louise. Même si nous n'avons pas beaucoup d'espoirs, tout a tellement changé !

– Comment s'appelait votre grand-mère ?

– Mathilde, elle habitait au numéro 42 de cette rue.

– Ah oui, le bâtiment a été écroulé, trop vieux, trop vétuste pour aujourd'hui. Un promoteur a reconstruit un immeuble plus conforme. Mathilde ? Ce prénom ne me dit rien, vous pouvez m'en dire encore un peu plus ?

– Elle était brune, et au fait oui ! Un détail très important, elle était enceinte de ma maman, lui répond Louise.

– Ah ! Effectivement cela me rappelle quelque chose, je voyais souvent une petite jeune femme enceinte jusqu'au cou. Elle était accompagnée d'une autre femme. Elles prenaient un thé à la terrasse. Oui, c'est bien ça, je me souviens maintenant, elle avait disparu avec son bébé et, elle l'a beaucoup cherchée ; elle m'avait laissé une affiche à mettre sur la vitrine, c'était sa sœur.

– Sa sœur ?

– Oui, j'en suis sûre maintenant. Ma mémoire se fait paresseuse, seulement il y a des choses que l'on n'oublie pas. Elle était si malheureuse. Sa sœur avait accouché d'une petite fille et du jour au lendemain plus rien. Un drame, elle avait mis des affiches partout. D'ailleurs, j'en ai peut-être encore une dans un carton. Je garde tout. C'est un défaut, je n'arrive pas à me défaire de tous ces souvenirs. Je vous promets de la chercher. Donnez votre numéro de téléphone à mon fils, il vous rappellera si je la trouve.

Louise a écouté avec attention chaque mot prononcé et, apprendre que sa grand-mère avait une sœur, c'est une très bonne découverte. Elle n'avait pas envisagé cette possibilité. Elle regarde Mamie Arlette qui commence à montrer des signes de fatigue. Il est temps de rentrer. Louise donne son numéro de téléphone et elles prennent congé. Le retour est plus calme, dans le métro Mamie Arlette penche souvent la tête sur le côté, à moitié endormie. C'était une grande sortie pour elle, la prochaine fois elle ira seule. Elle doit prendre soin de son amie.

Louise ne sait pas que pour Mamie Arlette cette sortie fut un moment formidable. Tant de souvenirs sont remontés à la surface. Elle est chamboulée mais heureuse. Sa fatigue est cette fois très bénéfique pour son moral.

26

Deux jours plus tard, Louise reçoit un coup de téléphone du gérant du bar. Sa mère a retrouvé cette fameuse affiche.

– Je vous envoie une photo sur votre portable si vous voulez ?

– Oui, c'est gentil merci.

– Si vous trouvez quelque chose, prévenez-moi, ma mère sera si heureuse d'avoir participé à quelque chose de bien, grâce à sa manie de tout garder.

En même temps qu'il raccroche Louise entend le signal de la messagerie. Sur l'affiche, elle voit une photo de Mathilde et un message qui la bouleverse :

Ma sœur Mathilde a disparu avec son nouveau-né
Il est âgé seulement de quelques jours
Toute personne pouvant me fournir des renseignements
Peut me joindre au numéro de téléphone ci-dessous.

Louise regarde le numéro presque effacé. Elle se pose des questions : quel âge peut avoir sa sœur aujourd'hui ? Est-elle encore vivante ?

Elle court montrer le message à Mamie Arlette. Toutes les deux sont émues, leur enquête a abouti, elles ont retrouvé non seulement des traces de Mathilde, mais Louise sait aujourd'hui qu'elle avait une sœur qui la recherchait, qui tenait à elle et à Annie, son bébé.

Le numéro de téléphone est obsolète mais il reste le nom et son prénom : Mireille. Elle décide de les taper dans les pages jaunes. Elle obtient une liste de cinq personnes. Elle est fébrile. Appeler après tant d'années, que dire ?

– Laisse parler ton cœur, lui dit Mamie Arlette.

Elle tape les chiffres et attend, les trois premiers ne sont plus utilisés, il n'y a plus que deux femmes à contacter.

Louise recommence et compose un numéro sur le clavier, une jeune fille répond. Ce n'est pas elle. Louise s'excuse et raccroche. Il n'en reste plus qu'un seul. Louise ne peut pas reculer, elle veut savoir. Sous l'œil attentif de Mamie Arlette, elle compose le dernier. Quelqu'un décroche, Louise attend, le souffle coupé.

– Oui allo, qui est-ce ? La voix cette fois-ci est celle d'une personne âgée.

– Je m'appelle Louise.

– Si vous vendez quelque chose je ne suis pas intéressée.

– Non, je ne vends rien, je recherche une personne qui pourrait être la sœur de ma grand-mère, elle s'appelait Mathilde.

Il s'en suit un très long silence. Louise soudain s'inquiète, si par hasard c'est sa sœur, elle a manqué de prudence, elle doit être vieille aujourd'hui et son cœur est peut-être fragile. Un homme reprend la communication, son ton est glacial.

– Allo.

– Oui, bonjour, je m'excuse de vous déranger, je m'appelle Louise et ma grand-mère s'appelait Mathilde, je recherche sa sœur.

L'homme lui répond toujours sur un ton très sec :

– Ma mère avait une sœur qui s'appelait Mathilde mais elle a disparu avec son bébé. Comment avez-vous eu connaissance de l'existence de ma mère ?

Louise lui raconte alors succinctement une partie de l'histoire. La découverte des courriers, puis son retour à Paris chez Mamie Arlette et leur décision d'aller en pèlerinage voir ce quartier où habitait Mathilde ; leur arrivée jusqu'à la rue indiquée sur l'enveloppe et enfin la rencontre avec la gérante du bar qui avait miraculeusement gardé l'affiche.

– Voilà comment j'ai su que ma grand-mère avait une sœur.

L'homme a compris à l'attitude de sa mère que Louise dit la vérité. Elle les entend discuter tous les deux.

– Ma mère vous a écoutée, elle est bouleversée, après toutes ces années ! Elle souhaite vous rencontrer, êtes-vous d'accord et surtout êtes-vous disponible ? Demain par exemple ?

– Oui je reprends les cours lundi, j'ai mon dimanche.

– Nous vous attendrons, avec votre appel vous avez réveillé des tonnes de souvenirs et d'émotions. Ma mère est en pleurs, mais de joie, je vous rassure.

– Merci infiniment, j'ai hâte de rencontrer la sœur de Mathilde. Moi aussi je suis tellement émue, je ne pensais vraiment pas aboutir. Je n'avais qu'une adresse sur une enveloppe. C'était très peu.

– Á demain Louise.

Louise n'a rien dormi. Hier soir elle a appelé son père pour l'informer de sa découverte.

– Allo papa ?

– Oui, comment vas-tu ?

– Très bien. Je voulais t'annoncer quelque chose. Avec Mamie Arlette, nous sommes allées à l'adresse indiquée sur l'enveloppe du courrier de Mathilde.

– Ah ! Que pensais-tu trouver ? Le quartier doit-être tellement différent depuis tout ce temps !

– Oui, plusieurs immeubles ont été démolis, dont le sien, mais on a parlé avec une dame d'un certain âge qui tenait le bistrot du coin jadis.

– D'accord, et elle se rappelle de Mathilde ?

– Et bien figure-toi que oui, elle s'est rappelée d'elle car les derniers temps, à la fin de sa grossesse, elle peinait beaucoup pour se déplacer et, parfois, elle s'asseyait sur une chaise à la terrasse de son établissement. Elle se reposait un moment avant de repartir. Elle était souvent accompagnée d'une femme. Mais il y a mieux, elle nous a dit que cette dame a beaucoup cherché Mathilde, après son départ précipité, car elle ne l'avait visiblement pas prévenue qu'elle partait.

– Ah ! Et qui ?

– Sa sœur. Elle avait déposé des affiches un peu partout dont une dans ce café.

– Ah ! C'est une sacrée coïncidence que tu sois tombée sur elle.

– Oui, le gérant, m'a rappelé ce matin, sa mère conserve tout et elle a retrouvé l'affiche. Je t'envoie la photo.

– Ok, c'est bon... je l'ai reçue...

André lit le texte, il est lui aussi très ému.

– Comme c'est touchant de lire ces mots après tout ce temps. Je n'en reviens pas.

– Ce n'est pas fini, bien sûr le numéro indiqué est obsolète mais avec le nom et le prénom j'ai fait une recherche dans les pages jaunes. Je l'ai retrouvée, aussi improbable que cela puisse paraître, je l'ai retrouvée, papa.

– Mon Dieu, Louise, tu m'impressionnes, ton entêtement a payé. Vous avez pu parler ?

– Très peu, elle a été très choquée par mon appel. Son fils a repris la communication ; il a pensé à une mauvaise plaisanterie car sa mère était en pleurs quand il a pris le combiné, mais son ton agressif s'est radouci au fur et mesure de mes explications ; il faut dire que le sujet est délicat car sa mère a été profondément affectée pendant toutes ces années. Ils veulent me rencontrer, j'y vais demain.

– Ainsi Annie avait une tante et un cousin. J'espère que ta maman te voit de là où elle est.

– Je le pense, papa, je sens souvent sa présence à mes côtés, elle guide mes pas.

– Je t'embrasse ma chérie, rappelle-moi demain soir pour me raconter.

– Oui, je t'aime papa, à demain.

27

Plus tard dans la soirée, Louise appelle Maxime, elle veut tout lui raconter, partager cette incroyable trouvaille avec tous ceux qu'elle aime. Il décroche, heureux d'avoir Louise au téléphone. Elle lui manque déjà. Cette année va être longue pour lui aussi. Il l'écoute avec beaucoup de tendresse, tout ce qui bouleverse la vie de Louise le touche aussi.

– C'est merveilleux cette histoire, on dirait un conte ! Tu vas le dire à Papi Pierrot ?

– Pas tout de suite, je vais d'abord les rencontrer. Je dois leur expliquer la raison du départ de Mathilde et pourquoi elle n'a pas eu le temps de les prévenir.

Maxime lui parle à son tour de l'avancement de son projet. Tout se passe comme il l'avait prévu. Dans un mois il pourra déménager en Bretagne et se lancer dans sa nouvelle aventure. Ce nouveau challenge le porte et l'occupe beaucoup ; il est conscient qu'il est dans une année charnière de son existence et, que de sa réussite, dépend non seulement son avenir professionnel mais également sa vie sentimentale.

– Hier, j'ai annoncé à ma mère ma décision de m'installer avec toi en Bretagne. Elle n'a pas répondu. Je sais qu'il lui faudra du temps pour l'accepter. Elle m'a promis de venir me voir, sitôt que nous serons installés.

– J'espère qu'elle ne m'en veut pas de t'enlever aussi loin d'elle ?

– Non, elle souhaite avant tout mon bonheur, et elle voit que je t'aime ; elle me comprend car à mon âge, elle avait suivi mon père à Vienne, elle aussi avait fait le choix de s'éloigner de sa famille. Elle parle déjà de nous rejoindre en Bretagne si la région leur plaît.

– Cela serait plus simple pour tout le monde. Je te rappelle demain après ma visite chez Mireille, tu veux ?

– Bien entendu, j'ai hâte de connaître la suite.

Louise se rend à l'adresse de la sœur de Mathilde. Quand elle sonne, la porte s'ouvre immédiatement sur une vieille dame. Pendant une minute elles ne parlent pas, leurs regards se croisent, se scrutent, cherchent des indices, des ressemblances. Hervé, le fils de Mireille arrive tout de suite derrière. Il accueille Louise avec chaleur, puis Mireille enlace Louise, elle l'embrasse longuement et Louise a alors le sentiment profond qu'elle embrasse aussi celles qu'elle a perdues : sa sœur Mathilde et son bébé Annie. Louise balaye la pièce du regard, puis elle regarde le cousin de sa mère. Il est grand, grisonnant, et plutôt bedonnant, ce qui le rend sympathique.

– Ma mère est sur le pied de guerre depuis ce matin !

– J'avoue que je suis moi aussi très émue de vous rencontrer.

– Nous pouvons nous tutoyer n'est-ce-pas ? Tu vas pouvoir nous dire pourquoi Mathilde n'a pas prévenu sa sœur, elles étaient pourtant très liées.

– Je n'ai malheureusement pas que des bonnes nouvelles à vous apprendre. Mathilde est partie se reposer en Bretagne chez Hannah, sa grande amie, sur les conseils de son médecin, mais son état de santé était bien plus grave que prévu, elle est décédée à son arrivée.

– Mon Dieu, quelle horreur et son bébé ? S'empresse de demander Mireille.

– Son amie Hannah a déposé Annie, ma mère, sur les marches de l'église et elle a été immédiatement prise en charge et élevée dans l'institution de la commune. Hannah a toujours veillé sur elle. Mathilde avait fait promettre à Hannah de ne jamais dévoiler qui était le père de l'enfant. C'était la meilleure solution qu'elle avait trouvée à l'époque. Pourquoi elle n'a pas cherché à vous joindre, on ne le saura jamais, cela restera un mystère.

– Quel dommage ! Je les ai tant cherchées.

– Aujourd'hui un simple appel sur un portable aurait suffit à la localiser, rajoute Hervé, mais apparemment elle n'a pas souffert, au moins c'est une petite consolation.

– Et ta mère, Annie, comment va-t-elle ? demande Mireille.

– Ma mère est décédée lorsque j'avais dix ans. Un camion a glissé sur la glace dans un virage et a embouti sa voiture. Elle est morte sur le coup.

Le sang de Louise se glace à ces mots. Ils sont gravés à l'encre noire dans son cœur depuis ce jour-là.

– Quel malheur !

– Oui, ce fut affreux mais elle a été très heureuse avec mon père, ils étaient amoureux depuis leur adolescence. Je vous montrerai des photos la prochaine fois si vous voulez ?

– Bien sûr, toutes celles que tu as, je veux toutes les voir. Mais toi, que fais-tu à Paris ?

– Je fais des études de styliste. J'ai hérité du don de Maman, elle avait créé sa marque de vêtements et elle vivait de ses créations. Très jeune, je l'ai imitée et, parfois j'ai l'impression que sa main guide mes doigts.

– C'est merveilleux, tu prolonges le sens de sa vie. Et l'amoureux de Mathilde, Pierre, je crois ? Elle m'en avait parlé un peu, bien sûr !

– Papi Pierrot a découvert toute cette histoire en même temps que nous. Il a été bouleversé. Mathilde a été la femme de sa vie et il s'apprêtait à tout quitter pour elle mais, quand il est rentré de la pêche, elle était déjà repartie pour Paris. Il a pensé qu'elle l'avait oublié. Il n'a jamais su qu'elle attendait un bébé. L'ironie du sort c'est qu'il voyait sa fille tous les jours, Papi Pierrot adore les enfants et c'est réciproque. Les enfants du village et de l'institut allaient dans la même école, c'est là que maman a connu André, mon père.

– Nous aimerions le rencontrer, et j'aimerais aussi me rendre sur la tombe de ma sœur.

– Mon père et Clara, sa nouvelle compagne, vous accueilleront avec un grand plaisir.

Louise apprend que Mireille est divorcée et qu'elle a repris son nom de jeune fille ; sans cette séparation Louise ne l'aurai jamais retrouvée. Parfois les drames se transforment en bénédictions, et pour Mireille avoir enfin des nouvelles de sa sœur et de son bébé est un vrai miracle après toutes ces années. Elle remercie le ciel d'avoir placé Louise sur leur chemin et surtout la gérante d'avoir gardé l'affiche. Elle et son fils iront la remercier.

Louise passe deux grandes heures à parler avec Mireille et Hervé puis elle prend congé de sa nouvelle famille. Elle retourne chez Mamie Arlette et elle reste cloîtrée toute la soirée, elle a besoin d'être seule. Elle a eu beaucoup d'émotions car parler de sa maman la rend toujours un peu nostalgique.

Le lendemain, elle raconte à Mamie Arlette, à son père puis à Maxime cette belle rencontre.

28

Alain profite pleinement de la semaine qu'il s'est octroyée. Il est sorti en mer chaque jour avec la vedette mais, aujourd'hui le temps se gâte, une petite tempête est annoncée. Les pêcheurs restent à quai. Seuls quelques touristes bravent l'océan, ignorant la dangerosité de celui-ci quand il se déchaîne. Les marins les regardent partir inquiets.

Papi Pierrot se trouve sur le port quand une petite famille veut embarquer : un couple et deux charmantes petites filles. Il s'approche du père et gentiment lui dit :

– Je vous conseille d'attendre demain, une petite tempête est annoncée.

– Oui, on nous l'a dit mais apparemment nous avons la matinée tranquille. La tempête est annoncée à partir de 16 heures. Nous faisons juste un petit tour, nous l'avions promis aux enfants.

– Ok, méfiez-vous quand même, parfois elle arrive plus tôt que prévue.

Papi Pierrot les regarde partir, impuissant, ils ne l'écouteront pas. Il espère que la météo sera juste et qu'ils auront le temps de faire leur promenade sans problème. Malgré tout il reste préoccupé car il sait que parfois les éléments se déchaînent vite. Il les observe un moment, le père semble bien maîtriser l'embarcation ; il se tourne et repart vaquer à ses occupations. Aujourd'hui il ne prendra pas le voilier. Alain arrive à ce moment.

– Impossible de sortir aujourd'hui, n'est-ce pas capitaine ?

– Disons que ce n'est pas prudent, surtout avec un voilier. Les vents tournent parfois plus vite qu'annoncés. Un couple et deux petits enfants viennent de quitter le port, j'espère qu'ils auront le temps de rentrer.

– Oui souhaitons-le ; je vais louer un vélo, faire un petit tour et je rentrerai à l'hôtel, la nuit a été courte. J'irai me reposer. Demain je me rattraperai, je ferai une sortie jusqu'à ce petit port plus au nord.

– Très bien, à demain, je te croiserai sûrement sur le port, bonne journée Alain.

Vers douze heures, Papi Pierrot sait que les vents ont tourné, il n'a pas besoin de météo. Il se hâte de marcher jusqu'au port, il veut savoir si cette famille est rentrée. Il revoit encore les deux petites filles qui montent à bord, il a besoin d'être rassuré, de savoir que les fillettes sont en sécurité.

– Salut Yvan, tu as loué ton bateau ce matin à un couple, ils sont rentrés ?

– Non, toujours pas. Il m'avait promis de rentrer pour onze heures. Je suis comme un fou. J'ai prévenu les secours. J'espère qu'ils vont arriver bientôt. Ce n'est pas avec nos voiliers que nous pourrons les rejoindre. Tous les autres touristes sont arrivés, il ne manque plus qu'eux à l'appel.

Papi Pierrot ne l'écoute déjà plus, il est au téléphone, la sonnerie sonne un bon moment puis :

– Allo !

– Alain, c'est moi. La famille n'est pas rentrée et les vents ont tourné, c'est ce que je craignais.

– Mince, pourquoi les gens n'écoutent jamais les professionnels ? Que va-t-il se passer ?

– Les secours ont été prévenus mais avec deux vedettes, on ne serait pas de trop ! L'océan est très vaste.

Alain saisit immédiatement le sens de ces paroles.

– J'arrive.

Cinq minutes après il est auprès de Papi Pierrot.

– J'y vais seul si tu veux, ça risque de secouer.

– Ma première tempête, je ne vais pas la rater. J'en verrai sûrement d'autres !

– Allons-y, il n'y a pas de temps à perdre. J'ai vu la direction qu'ils avaient prise, on va commencer par là, espérons qu'on les rejoindra bientôt, le déluge ne fait que commencer.

La vedette paraît vite très vulnérable face aux éléments qui commencent à se déchaîner. Le ciel devient menaçant, les nuages bas se confondent au loin avec l'océan et, des éclairs transpercent l'horizon. Les hommes combattent les vagues, certaines sont déjà impressionnantes pour Alain. La tempête s'approche lentement mais sûrement. Il leur faut avancer mais prudemment car leur vie aussi est en danger. Ils vont droit sur elle dans un vacarme ahurissant. Les deux hommes doivent hurler maintenant pour s'entendre. Alain reste calme, il fait bonne figure car il n'a pas le choix mais il n'en mène pas large; cependant avec son peu d'expérience, il réagit bien, ses réflexes sont bons et précis, instinctivement, il anticipe les consignes de Papi Pierrot. Celui-ci est rassuré, il sait maintenant qu'il est prêt à affronter toutes les situations. Ils espèrent qu'ils vont retrouver la famille et, le plus vite possible. Mais après ? Seront-ils sortis d'affaire pour autant. Ils ne savent pas ce qui les attend.

Ils communiquent par talkie-walkie avec les secouristes. Eux, ont pris la direction opposée. S'ils ne les trouvent pas, ils rejoindront la vedette d'Alain, tout le périmètre sera ainsi couvert plus rapidement.

– Toujours rien, soyez prudents, vous allez droit sur l'orage, lance le secouriste.

– Oui, je sais, répond Papi Pierrot. On va essayer de le contourner par la droite.

Les secouristes ont déjà balayé toute la partie de la côte prisée d'habitude par les touristes, ils n'ont rien trouvé, aucun bateau à l'horizon. Ils vont maintenant se rabattre et rejoindre Alain et Papi Pierrot en espérant qu'ils les retrouveront au milieu de cette zone.

Une demi-heure après, ils n'ont toujours pas aperçu l'embarcation. La lutte devient pénible, épuisante et dangereuse. Papi Pierrot ne renoncera pas car il a en mémoire le visage des deux enfants.

– Désolé de t'avoir entraîné, je pensais qu'on les retrouveraient plus tôt ! Tu as peur ?

– Non, je n'ai pas le temps d'y penser, il faut les récupérer, impossible de les laisser dans cette furie, ce n'est que le début n'est-ce pas ?

– Oui, mais elle se rapproche.

Ils continuent de lutter tout en fixant l'horizon entre deux vagues.

– **LA, REGARDE, JE VOIS QUELQUE CHOSE** ! Dit Alain.

Papi Pierrot prend sa longue vue et scrute le point indiqué par Alain. C'est eux, il aperçoit la femme qui fait de grands signes. Elle semble épuisée et désespérée.

– **OUI, C'EST EUX, ALLONS-Y.**

Papi Pierrot s'empresse de prévenir les secours et demande à Alain de mener la vedette droit sur eux. Ils savent où se diriger maintenant et Alain est tenté d'accélérer mais Papi Pierrot lui fait signe de la tête de renoncer. Ce n'est pas le moment de se retourner. Après encore un quart d'heure de lutte contre les vagues, dont la crête varie maintenant entre deux à quatre mètres de hauteur, ils sont tout près du voilier. Le mât de la voile est cassé et le père blessé gît sur le sol, ils ne peuvent pas voir s'il est conscient ou pas. Papi Pierrot appelle les secours.

– Préviens l'hélicoptère, le mari est blessé, il semble inconscient sur le sol. Je vais essayer de monter à bord.

– Sois prudent, tu n'as plus vingt ans.

– Alain, on va se rapprocher, il faut que je saute dans le voilier. Après j'attacherai le voilier à la vedette, nous irons peut-être plus vite en faisant comme ça. Tu te sens prêt pour naviguer tout seul ?

– Oui, mais c'est de la folie avec ce temps, comment penses-tu y arriver ?

– Je devrai attendre que la vague me porte à la hauteur du voilier. Ce n'est pas gagné mais je dois essayer.

– Ok allons-y. Ne t'inquiète pas pour moi, je resterai en contact avec toi, tu nous guideras jusqu'au port.

L'abordage est difficile et Papi Pierrot manqua de tomber à l'eau plusieurs fois, mais au bout de plusieurs tentatives, il est suffisamment près pour sauter dans le bateau. La femme du malheureux, en pleurs, lui tend la main pour l'attraper tout en se cramponnant comme elle peut à la coque du bateau. Il accroche rapidement la corde qu'il avait autour de la taille à l'avant du voilier et après avoir constaté que les enfants et la mère allaient bien il dit à la femme :

– Mettez-vous dans la cabine avec les enfants, et laissez-nous faire maintenant. C'est parti Alain, maintenant tu es aux commandes. Nous allons tourner le dos à la tempête, mais ce n'est pas pour autant que nous sommes sortis d'affaire. Les bateaux sont accrochés mais au moindre risque pour toi, je couperai la corde. On va garder une vitesse moyenne, si l'orage nous rattrape, nous aviserons.

– Ok, comment va le père ?

– Il est inconscient, mais il est vivant. Il a dû se cogner la tête.

Ils reprennent leur course contre la tempête qui avance rapidement, droit sur eux, ils doivent la prendre de vitesse.

Tous les marins attendent maintenant sur le quai. Ils ont su que le bateau était retrouvé mais ils savent que ce sauvetage est dangereux. Il met la vie de deux hommes en danger sans compter celle des secouristes et de cette famille. Tous les yeux sont rivés sur l'horizon, ils guettent les lumières des bateaux.

Les secouristes ont rejoint les deux embarcations. Ils vont rester derrière le voilier, prêts à intervenir en cas de problèmes. Tous avancent péniblement, les éclairs sont dans leurs dos, de plus en plus près. Le tonnerre est assourdissant.

Enfin, au bout d'un combat d'une demi-heure, ils aperçoivent les lumières du phare et plus loin celles du port. Les marins aussi les ont vus, une tension énorme s'est répandue au sein de l'assemblée qui attend sous la pluie, plus personne ne parle. Tant qu'ils n'auront pas accosté, il peut encore se passer l'irréparable. L'hélicoptère est en alerte, prêt à intervenir, soit pour les secourir en mer soit, si tout va bien, pour amener le mari à l'hôpital le plus proche.

Alain a soudain une pensée pour Julie, il ne l'a pas eue longtemps au téléphone, elle doit être morte d'inquiétude.

De son côté, Julie a contacté Lola qui, à son tour a téléphoné à Louise qui a elle-même informé André et Clara. Bref, tout le monde est sur le qui-vive, près du téléphone qui reste désespérément silencieux. Enfin celui de Louise sonne, c'est Gaëlle.

– Ouf un appel, tu as de bonnes nouvelles !

– Les bateaux approchent, nous apercevons leurs phares. D'ici un quart d'heure ils devraient arriver à bon port.

– Devrait ? Cela n'est pas sûr ?

– Ils sont encore loin, mais Papi Pierrot est le meilleur, pense à ça.

Gaëlle raccroche, laissant Louise dans un grand désarroi. Va-t-elle perdre son Papi qu'elle vient tout juste de retrouver ? Elle appelle son père puis Lola, elle leur communique l'information, en leur précisant que dans un quart d'heure tout le monde sera tiré d'affaires, elle a volontairement modifié devrait par sera, inutile d'inquiéter d'avantage ses proches. Pour elle, par contre, ces quinze minutes vont durer des heures. Elle tourne en rond, son cœur s'est accéléré, elle a du mal à respirer calmement.

Quand les hommes seront rentrés elle doit absolument appeler son Papi ; elle a eu si peur de le perdre aujourd'hui. Elle a pris conscience qu'elle a besoin de lui, qu'elle l'aime. Le dernier blocage qui la retenait pour se jeter dans ses bras, pour l'appeler Papi est enfin tombé. Elle va lui faire promettre de ne pas recommencer ce genre de prouesses car à son âge il est temps de passer la main, de laisser faire les plus jeunes. Mais en même temps elle est si fière, grâce à lui et Alain, une famille entière va bientôt rentrer chez elle.

Alain continue d'assurer, il n'a pas une seule fois cédé à la panique. Il conduit sa vedette, sans se soucier des éléments hostiles. Il a prit la direction du port sans se tromper. D'ailleurs, Papi Pierrot ne lui dit plus rien, il se contente de suivre. Grâce à leur complicité ce sauvetage va bientôt se terminer. Papi Pierrot le sait, ils ont fait le plus difficile.

Sur le port les hommes comptent les minutes, plus les bateaux se rapprochent et plus ils espèrent les voir accoster sains et saufs. Ils sont suffisamment près maintenant pour qu'Yvan constate que le mas de son voilier est cassé. C'est matériel pense-t-il, si tout le monde est vivant, c'est le principal. Mais l'attente est insupportable pour lui, il se sent responsable d'avoir loué son bateau aujourd'hui malgré l'annonce de la tempête, c'était une erreur.

Quand enfin ils arrivent, un tonnerre d'applaudissements accueille les hommes. Le blessé est pris en charge immédiatement et héliporté à l'hôpital le plus proche. Le médecin pense à un gros traumatisme crânien, il préfère qu'il soit sous surveillance. La femme et les fillettes sont reconduites à leur hôtel, elles sont en pleurs mais elles vont bien. Yvan est un peu rassuré, demain il prendra des nouvelles du mari et fera réparer son mas.

Alain est ému, il a participé à la recherche de cette famille et il appelle immédiatement Julie pour l'informer de la bonne issue du sauvetage ; il est très essoufflé, sa voix est entrecoupée de silence, il doit se reprendre à plusieurs reprises pour lui parler, la rassurer. Celle-ci le sermonne car la peur l'a rendue nerveuse, mais en secret, elle a beaucoup de respect pour la décision qu'il a prise. La fin heureuse de ce sauvetage l'a confortée pour la suite. Maintenant elle sait qu'avec Alain, elle ne risquera rien quand ils seront en mer.

Alain rentre à la fin de la semaine, après toutes ces émotions elle sera contente de se serrer dans ses bras. Elle va leur prévoir une belle soirée. Elle appelle Lola pour la rassurer, elle aussi était morte d'inquiétude.

29

Lola est heureuse pour son père, maintenant qu'elle le sait hors de danger elle va pouvoir se concentrer et accompagner son collègue au procès l'esprit libéré.

C'est aujourd'hui qu'elle va découvrir l'ensemble des pièces et prendre conscience de l'importance de l'affaire. Elle est bien loin d'imaginer l'horreur des scènes qu'elle va entendre.

Le procureur annonce les faits pour lesquels le prévenu est jugé. Lola est horrifiée, ce qu'elle entend est inconcevable pour elle. Elle pénètre dans un monde où la moralité n'existe pas.

– Est-ce vraiment possible ? Demande-t-elle discrètement.

– Malheureusement oui, et ce que tu viens d'entendre n'est rien, attends-toi à des choses beaucoup plus abjectes.

Les témoins commencent à défiler : Des voisins qui n'ont rien vu, la famille qui pensait que... peut-être... ! Mais qui n'ont rien dit. Puis, le témoignage de la maîtresse d'école qui a constaté la difficulté de concentration de l'enfant :

– Lucie, dit-elle, restait prostrée sur sa chaise, elle ne participait pas. J'avais convoqué plusieurs fois ses parents qui ne sont jamais venus. J'avais un mauvais pressentiment. J'ai décidé de prévenir le médecin scolaire.

Celui-ci arrive après le passage de l'institutrice, il explique à l'assemblée son inquiétude quand il a vu les blessures sur les jambes de la petite qui remontaient entre ses cuisses. Il avait immédiatement signalé les faits aux services sociaux qui sont intervenus au domicile des parents.

Bernard se lève, il lit le rapport de l'assistante sociale devant le procureur sans oublier de se tourner aussi vers les juges :

« Arrivés sur les lieux, nos agents ont constaté le manque total d'hygiène dans la maison et des conditions de vie inhumaine pour Lucie. Elle n'avait pas de lit, dormait à même le sol sur une vieille couverture crasseuse. Elle n'avait aucun jouet. Le père s'est montré particulièrement odieux et agressif, il n'a absolument pas compris pourquoi nous intervenions. Pour lui, Lucie était sa propriété, il ne voyait absolument pas le problème, il avait le droit d'en faire ce qu'il voulait ; sa mère, par contre, était complètement accablée. Il apparaît nettement, après son interrogatoire et une visite chez le médecin, qu'elle a dû subir elle-aussi le même sort que sa fille. Elle était impuissante et effacée. La seule bonne nouvelle c'est qu'ils n'ont eu qu'un seul enfant. »

Dans l'assemblée le silence qui suit est pesant ; même le procureur marque une pause, il boit un peu d'eau. Pourtant, il en entend des témoignages depuis qu'il siège !

Le psychiatre qui soigne la petite Lucie prend la parole. Il a découvert une enfant traumatisée, apeurée, repliée sur elle-même. Il a eu beaucoup de difficulté à instaurer un dialogue. Quand il s'approchait, elle se mettait en boule, impossible pour lui de la toucher, seule son assistante pouvait lui donner la main. Il a fallu trois mois pour qu'elle prononce enfin un mot : Merci.

Après ce témoignage le procureur ajourne la séance jusqu'au lendemain matin.

Lola sort, elle laisse son collègue, elle veut prendre l'air. Elle se dirige vers un parc à proximité et marche, elle a besoin de respirer l'air frais à pleins poumons. Elle repense à toutes ces dépositions, surtout celle de l'assistante sociale : le descriptif de la maison. Cela lui paraît tellement invraisemblable. Comment des choses pareilles peuvent-elles encore se produire ? Dans le dossier elle a vu une photo de Lucie. Une petite fille fragile, si menue. Vu les témoignages Lola sait qu'elle a manqué de tout jusqu'à son placement par les Services Sociaux.

Lola appelle Hélène qui décroche, elle s'attendait à son appel.

– Oui, allo, comment vas-tu ?

– C'est difficile, je ne m'attendais pas à ça. Comment peut-on faire du mal à une enfant ? J'ai du mal à comprendre.

– Tu as vu les parents ?

– Oui, mais je les ai à peine regardés. Pour le moment, je n'arrive pas à affronter leurs regards, comme si c'était moi qu'ils avaient violentée. Mais ce que j'ai entrevu ne me plaît pas du tout.

– Bon, parlons d'autre chose, tu es où là ?

– Dans un parc, je me balade. Je vais essayer de manger un peu. Demain le procès reprend. Je veux être forte et y assister jusqu'à la fin.

– D'accord, ce soir je te prépare un bon repas et nous irons au hammam, tu pourras décompresser.

Lola raccroche, elle a conscience de la chance qu'elle a d'avoir Hélène à ses côtés, elle anticipe tout, se met en quatre pour la seconder et la rassurer. Elle lui rappelle beaucoup Louise dans ces moments là.

Sa chère amie, elle aussi a été bousculée ces derniers temps, elle lui a parlé de la retrouvaille improbable de cette famille parisienne, les émotions que cette découverte avait provoquées chez elle puis, récemment sa peur de perdre son papi pendant la tempête. Elle pense beaucoup à elle.

30

Ce matin, le procès reprend. Lola rejoint Bernard sur les marches du tribunal. En l'attendant, il a allumé une cigarette et tire nerveusement dessus. La foule commence à s'agglutiner, ce procès a fait du bruit dans la presse. Les gens vont arriver tout au long de la matinée, prêts pour entendre le verdict du « salaud » qui a violé et prostitué sa fille.

– Bonjour Lola, tu as pu dormir cette nuit ?

– Oui, grâce à Hélène. Elle m'a entrainée dans le parc pour faire un footing ; elle m'a fait faire trois fois le tour, j'étais exténuée, et après un bon hammam je suis tombée comme une masse dans un sommeil profond.

– Tant mieux, aujourd'hui nous allons entendre la suite des témoignages à charge.

Ils entrent dans le tribunal. Ils sont les premiers. Puis les accusés arrivent : le père et la mère. Cette fois-ci Lola ne quitte pas des yeux l'homme qui arrive. C'est un homme d'une quarantaine d'années, chauve, pas rasé, le regard dur, menaçant. Il regarde en direction de Lola et la scrute. Son regard est gênant, elle a l'impression qu'il arrive à pénétrer jusqu'au fond de ses pensées. Pour la première fois, elle ressent la peur d'un homme, ses mains tremblent.

– Quel regard glacial ! dit-elle à Bernard.

– Il est abject, je me demande toujours comment de telles créatures existent. Pour lui il n'est coupable de rien. Cette pauvre femme, je me demande quelle sera sa vie maintenant ?

– Elle a un air tellement malheureux, je ressens sa souffrance !

– Oui, c'est aussi une victime, elle a assisté à tout, impuissante. A l'examen, les médecins ont constaté qu'elle avait eu plusieurs côtes cassées. Je pense qu'elle est contente que ce calvaire soit terminé. Je la ferai passer en dernier. Je veux l'entendre.

Le premier témoin arrive. C'est un capitaine de brigade. Ses services ont fouillé dans le téléphone et l'ordinateur du prévenu. Plusieurs personnes, dont le numéro de portable était enregistré, ont été convoquées et arrêtées. Tous des hommes déjà fichés et jugés : des photos de pornographie enfantine avaient été trouvées dans leur ordinateur. Là, ils ont franchi une autre dimension, de l'écran ils sont passés à l'acte. Pour eux c'est la prison assurée.

– Je vais faire le maximum pour qu'ils y restent longtemps cette fois-ci, dit Bernard à Lola.

Ensuite le capitaine lit certaines des dépositions recueillies par ses officiers. Elles sont toutes plus horribles les unes que les autres. Lola est rouge de colère. Elle voudrait aller dans le box des accusés et arracher les yeux de cet homme qui continue de regarder les gens, comme s'il était étranger à tout ce qui est rapporté. Comment peut-on avoir cette cruauté et une telle arrogance ? Comme s'il était fier de lui !

Un autre policier prend la parole et parle de la mère, cette femme qui a tout vu et qui n'a rien fait pour sortir son enfant de là. Il explique qu'elle a très peu parlé lors de son interrogatoire, elle ne faisait que sangloter et répéter qu'elle était désolée. Elle n'avait pas de téléphone, il semble que le père menait seul son petit commerce qui était juteux. Ensuite, il dépensait tout en alcool et en drogue, heureusement l'enfant n'a pas été droguée.

Les interrogatoires des témoins confortent les juges en prouvant que le père est le seul coupable. Il n'a aucune excuse, si ce n'est un passé difficile, mais qui ne justifie pas de tels actes. Les jurés se retirent pour délibérer, ils vont très vite : coupable à l'unanimité sans circonstances atténuantes. Il prend le maximum. Sa femme fera de la prison, avec sursis, et devra suivre un traitement chez un psychiatre afin de retrouver une vie normale et, peut-être, un jour, pouvoir reprendre à nouveau sa fille.

Bernard lui apprend qu'aujourd'hui Lucie est en maison d'accueil chez des personnes fantastiques ; elle fait des progrès, elle a ri pour la première fois, le jour de son anniversaire quant elle a soufflé ses bougies. D'abord hésitante, elle a fait trembler les flammes, puis sous l'encouragement général elle a pris une bonne respiration et expiré l'air de toutes ses forces, beaucoup plus qu'il ne fallait pour éteindre les bougies, mais suffisamment pour étouffer en plus ses souvenirs et son père. Sous les applaudissements généraux elle a baissé la tête, presque gênée d'être le centre d'intérêt de cette assemblée joyeuse et bienveillante. Elle a reçu son premier cadeau : une jolie poupée avec des cheveux longs et des yeux bleus comme elle. Elle ne la quitte pas, elle l'emmène partout même à l'école, cependant pendant les cours elle doit la laisser dans son cartable. Elle continuera de voir un psychiatre régulièrement car sa reconstruction sera longue et difficile.

Bernard est content, le plus dur est derrière Lucie. Aujourd'hui il va se plonger dans un nouveau dossier, un petit garçon qui a besoin de son aide.

Lola a réfléchi à la suite de son cursus. Avec Hélène elles ont beaucoup parlé. Cette décision est certes, compréhensive pour Lola, mais pour autant extrêmement difficile pour elle qui est tellement sensible ! Pourra-t-elle s'occuper autant de la détresse des autres ?

– Prends encore un peu de temps pour réfléchir ; ces dossiers vont t'absorber et te faire découvrir chaque jour un peu plus la misère humaine.

– Oui, je le sais, je le pressens, mais je me sens investie d'une mission. J'ai l'impression que si je ne le fais pas ma vie n'aura aucun sens. Après le prochain dossier, je verrais si ma conviction est ébranlée ou pas. Tu es avec moi ou pas ? J'aurai besoin de ton soutien.

– Bien sûr ! Je me fais juste un peu de soucis pour toi.

Elle prend Lola dans ses bras et la serre tendrement.

– Je serai toujours là pour toi.

31

Le dimanche suivant Lola se rend chez ses parents avec Hélène. Son père s'est remis de ses émotions, il gardera longtemps en mémoire ce jour de tempête et le sauvetage de cette famille.

Aujourd'hui, il tient à leur faire voir des photos du bateau. Elle en profitera pour lui annoncer son futur changement de filière sur le plan professionnel. *Décidemment, cette année il y a beaucoup de bouleversements dans ma vie : Hélène, le travail ! J'ai fait beaucoup de chemin et je trouve enfin ma voie, le destin m'oriente vers des options nouvelles mais tellement plus gratifiantes. Je me sens renaître, je suis moi, pour la première fois. Ce sont mes choix, mes décisions. Heureusement Hélène m'apporte tout son soutien.*

Après être passées par l'écurie et avoir embrassé les chevaux, elles se dirigent vers la maison. Alain les attend sur le seuil.

– Bonjour ma fille, comment vas-tu ? Et toi Hélène ? Vous avez l'air en pleine forme ?

– Bien, je suis fatiguée mais heureuse, répond Lola.

Tu as récupéré ? Pour une première semaine avec ta vedette tu as été servi ! J'espère que maintenant avec maman vous en profiterez longtemps mais d'une façon moins chahutée. Tu as tellement bien fait de l'acheter ! Je vous y imagine déjà. A quand le premier voyage ?

– Bientôt j'espère, le mois d'octobre peut encore nous réserver de belles journées, j'ai déjà une petite idée. Venez, je vais vous montrer « la bête » ! dit-il en parlant de son bateau.

Lola embrasse sa mère puis ils s'installent tous dans le canapé face à l'écran. Alain allume son ordinateur, il clique sur la première photo, Lola et Hélène restent bouche bée devant la magnifique vedette. Lola voit tout de suite inscrit à la peinture rouge le nom du bateau : *Julie* et elle est émue de voir l'amour de ses parents encore intact après toutes ces années.

Alain fait défiler les photos, elles sont toutes plus jolies les unes que les autres. Son père est intarissable, il donne tous les détails techniques dont Lola ne saisit pas toujours l'importance. Elle le laisse parler et regarde de temps en temps sa mère qui boit toutes les paroles d'Alain. C'est sûr que leurs prochaines années se passeront souvent en mer. Dans leurs têtes ils ont à nouveau trente ans et c'est beau, ils sont beaux. L'amour fait des miracles.

Après ce défilé de panoramas aussi exceptionnels, difficile pour Lola d'en venir à la noirceur du dossier qui va l'amener à changer d'orientation. Hélène lui prend la main et elle se lance, elle commence à raconter à ses parents sa rencontre avec son collègue Bernard, le choc qu'elle a reçu quand elle a consulté le dossier d'une petite Lucie abusée et prostituée par son père, sa proposition d'accompagner son collègue au procès. Elle leur explique les différentes étapes, le regard de cet homme qui l'a tellement offusquée. Puis elle décrit la photo de Lucie avant son retrait à sa famille et celle prise deux ans plus tard dans sa famille d'accueil. Son sourire retrouvé qui illumine son visage, mais elle précise la longue thérapie qui l'attend pour se reconstruire.

– Mon Dieu, c'est horrible ! Comment as-tu fait pour assister à tout le procès ? demande Julie.

– Ce dossier m'a complètement bouleversée, mais en même temps j'ai réalisé que ces enfants ont besoin d'avocats pour les défendre, pour eux c'est vital et plus le procès se déroulait, plus je trouvais une force en moi que je ne soupçonnais pas. Au début je ne pouvais pas regarder cet homme, puis petit à petit, j'ai levé mon regard sur lui et je l'ai affronté.

– Tu t'es infligé un sacré défi, mais je sens que ce n'est pas terminé, n'est-ce-pas ? lui dit Alain.

– Je veux voir le prochain dossier avec Bernard. Je crois que je vais changer de cap, en fait j'en suis même sûre. J'ai trouvé ma voie : je veux défendre les enfants.

– Ce sera difficile mais ça tu le sais déjà. Quoi que tu fasses nous te suivrons et te soutiendrons. Si tu as besoin de parler nous sommes là et, pour décompresser, le bateau sera peut-être un bon remède ! Il suffira de demander, et je vous préparerai une sortie rien que pour vous. Vous aurez votre skipper attitré.

– Quelle chance ! Répond Hélène. Tu es vraiment vernie ! Une bonne fée s'est penchée sur ton berceau à ta naissance ma parole!

Tout le monde rit de bon cœur. Le reste de l'après-midi est plus détendu. Les filles font une balade avec les chevaux et prennent congé en fin de soirée.

32

Clara et André ont réintégré leur travail, ils reprennent le rythme mais rêvent déjà aux prochaines vacances. Au bureau, Clara croule à nouveau sous les tâches administratives car Alain, en pleine forme a repris sa cadence habituelle. La situation est redevenue normale pour lui, il vit à cent à l'heure et derrière il faut que ça suive, mais Clara préfère nettement ces conditions, au moins les journées passent plus vite.

André a tenu parole et s'est renseigné pour le transfert du corps d'Annie en Bretagne, auprès de sa maman Mathilde. Ce ne fut pas facile de convaincre les administrations, il a fallu expliquer beaucoup, argumenter sa décision. Ce n'est pas courant de déplacer un corps. Il y a toute une procédure à suivre. Mais il est motivé. C'est le dernier hommage qu'il va rendre à Annie, son premier Amour, la première femme de sa vie.

Evidemment, toutes ces démarches le replongent dans le passé, il est nostalgique et perturbé. Ce processus de deuxième deuil, il ne l'avait pas anticipé.

Clara le sent submergé par ses souvenirs douloureux et doit user d'ingéniosité pour le sortir de sa nostalgie. Mais elle ne le brusque pas, elle va attendre avec toute la patience qui la caractérise.

Le récit de Louise sur sa rencontre avec la famille de Mathilde l'a ramené encore un peu plus des années en arrière ; il pense encore à Annie, elle aurait tellement voulu les rencontrer avant. Néanmoins, il est heureux pour sa fille, elle connaît enfin son histoire, et la sœur de Mathilde semble très sympathique, il sera heureux de faire sa connaissance.

Finalement il a pu arrêter une date pendant les vacances de novembre, Louise pourra se libérer et les rejoindre. Dans deux mois, la mère et la fille seront à nouveau réunies. Il appelle Louise pour la tenir au courant.

– Bonjour, c'est papa.

– Comment vas-tu papa ?

– Bien et toi ?

– Très bien, je t'appelle car j'ai la date du transfert de ta maman en Bretagne. Ce sera pendant les vacances de novembre.

– Très bien, je pourrai venir, j'y tiens et cela me fera

une coupure. Je sens que cette année va être longue pour moi.

– Alors pense à nous, il nous en reste une dizaine à faire avant la retraite. Nous avons hâte aussi de nous installer définitivement en Bretagne.

– Oui, c'est vrai, je n'avais pas pensé que pour vous aussi c'était long.

– Je vais prévenir Mireille et Hervé, ils voudront venir aussi. Mireille souhaitait se rendre sur la tombe de sa sœur.

– Très bien, nous les accueillerons avec plaisir à la maison.

André raccroche, il sait effectivement que ces dix années à terminer seront de plus en plus difficiles ; son travail est physique, il n'a plus trente ans et il commence à ressentir des douleurs musculaires, un genou le fait particulièrement souffrir. Cela le rend parfois irritable. Mais pour eux il n'y a pas d'alternative. Ils ont besoin de leur salaire et leur travail leur plaît. Ils finiront leur vie professionnelle ici.

Fin octobre arrive à toute vitesse. Hervé a proposé à Louise de faire le voyage avec eux. Ils partiront le samedi matin. Mireille pourra aller se recueillir avant l'ouverture de la tombe de Mathilde. Elle a besoin de communier avec sa sœur. De faire définitivement son deuil. Quand elle arrive devant cette simple pierre, Mireille a un pincement au cœur. Sur la tombe se trouve la plaque d'Hannah et une plus récente de Louise, sa petite fille. Elle veut donner à sa sœur une sépulture digne de ce nom, elle va contacter le marbrier. Elle souhaite une belle pierre de marbre rose, la couleur préférée de sa petite sœur. Elle fera graver à la peinture dorée les noms et prénoms d'Annie et Mathilde. Bien sûr, ce désir doit coïncider avec ceux d'André et de Louise. Le soir ils se retrouvent tous et se mettent rapidement d'accord. André laisse la décision à Mireille et à Louise, seul l'avis de sa fille compte pour lui maintenant et celle-ci est ravie pour sa mère.

Le mercredi, la tombe est ouverte pour accueillir le cercueil d'Annie. Le transfert est prévu pour le jeudi. André a organisé un petit cérémonial, Louise et Mireille pourront s'exprimer, elles veulent rendre un hommage à leur mémoire.

Une messe est donnée avant la mise en bière et Mireille et Louise lisent leur texte ; c'est un moment très fort, l'assemblée verse une larme tant l'émotion est communicative. Papi Pierrot s'est assis au milieu de l'église, il observe la famille de Mathilde ; il aurait tellement aimé les connaître autrement.

Au cimetière, Louise appelle son papi qui se tient toujours en retrait ; Mireille comprend que Pierre soit gêné, ils n'ont pas encore eu l'occasion de se parler. Aujourd'hui, elle a compris tout l'amour qui les unissait lui et sa sœur Mathilde. Elle décide d'aller le chercher par la main et le place entre elle et Louise. Affectueusement Louise lui dit : Elles seront bien ici Papi, tout près de nous. Il acquiesce en serrant un peu trop fort la main de Louise mais elle ne la retire pas, elle comprend qu'il contient sa peine.

Avant de partir, chacun dépose une rose sur les cercueils et, bientôt la magnifique pierre tombale viendra recouvrir la tombe des deux femmes.

Annie est enfin enterrée avec sa mère et Papi Pierrot va pouvoir venir se recueillir sur leur tombe, pour lui c'est un grand soulagement. Tout est en ordre maintenant.

La cérémonie fut émouvante mais le soir, André a prévu un repas dans le fameux restaurant où Louise a appris sa filiation avec son Papi. Les discussions aujourd'hui sont beaucoup plus détendues.

Depuis la tempête Louise a eu un déclic, plus question de dire Papi Pierrot, comme tout le monde, pour elle, maintenant, c'est Papi, le sien.

André et Clara font plus ample connaissance avec Hervé, le cousin d'Annie, ils ont un très bon feeling et décident de se revoir soit à Paris, soit en Bretagne. Mireille est émue de voir sa famille à nouveau réunie, elle sait que Mathilde et Annie les regardent et sont heureuses.

Clara retrouve André plus joyeux, elle est rassurée, il a tourné la page. Ils font à nouveau des projets de vie tous les deux.

Epilogue

Après cet été chargé en émotions, tout s'est enchaîné comme prévu et cinq ans plus tard les changements de cap de Louise et Lola se sont confirmés :

Lola a fini son long cursus et s'est lancée dans la défense des enfants maltraités. Avec Hélène à ses côtés elle est invincible, elle a retrouvé ses dents de requins mais ses proies ont changé et elle est impitoyable. Seule, Hélène la voit quand elle quitte sa carapace.

Comme prévu elle est là, présente pour elle, pour la réconforter, elles s'aiment plus que jamais.

Julie et André font de belles sorties en bateau. Ils longent la côte, découvrent des paysages visibles seulement en bateau, ils sont heureux. Á la retraite, qui s'approche à grands pas, ils feront de plus grandes traversées, vers des îles portugaises ou espagnoles, et pourquoi pas encore plus loin....

Louise a quitté le Béarn, tourné définitivement la page de son enfance. Elle s'est installée en Bretagne, elle a réussi son examen et a ouvert sa boutique. Elle reprend ses créations, elle a déjà beaucoup de succès.

Elle va se marier au printemps prochain avec Maxime dans l'église de son village natal.

Papi Pierrot vit maintenant un véritable rêve, une revanche sur la vie et profite pleinement de tous ces instants avec sa petite fille.

Clara et André seront bientôt à la retraite et emménageront définitivement dans leur maison, en attendant ils continuent d'en profiter pendant leurs congés.

Mireille et Hervé passent régulièrement une semaine en été avec Clara et André. Ils ont noué une très belle relation d'amitié.

Les parents de Maxime adorent la Bretagne et viendront sûrement les rejoindre prochainement.

Gaëlle a mis au monde un magnifique petit garçon, il est solide comme son papa et trotte déjà partout derrière lui. Cédric est un excellent charpentier. La succession de l'entreprise est assurée. Eux aussi, vont se marier dans peu de temps, que de belles fêtes en perspective !

Mamie Arlette est placée dans une maison de retraite, mais près de sa nièce qui peut veiller sur elle. Elle a dû quitter cette maison qu'elle aimait tant et tous ses souvenirs. Après cinq années elle s'est éteinte dans son sommeil en souriant. Elle semblait heureuse.

C'est le seul bémol négatif de cette belle histoire

Gisèle LOPEZ, dans son premier roman : la linotte mélodieuse, nous avait fait découvrir les aventures de Louise et Lola enfants puis adolescentes ; aujourd'hui dans ce troisième roman : changement de cap, elle nous propose la suite de leur histoire.

Je tiens à remercier mes amies Marie-Claude et Edwige, elles m'ont apporté une aide efficace pour la réalisation de ce petit roman.

Je remercie également Christine et Yves, écrivains, qui m'ont portée depuis le début de cette aventure. Leurs conseils m'ont évité bien des déboires.

Un petit clin d'œil aux membres de ma famille qui me soutiennent, ils restent mes plus grands fans.

Gisèle LOPEZ